Fan
ファン文庫

運命屋《サダメヤ》

幸せの代償は過去の思い出

著　植原翠

JN134735

マイナビ出版

目次

運命屋《サダメヤ》

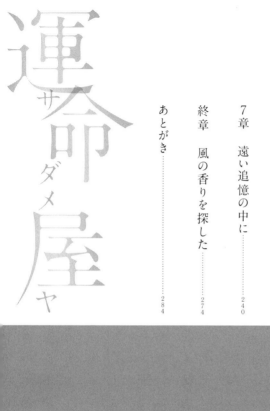

序章　空が眩《まぶ》しくて

記憶に焼き付いているのは、真っ赤な風船だ。

白い入道雲がモコモコと浮かぶ夏の青空に、風船が飛んでいく景色。そばでは観覧車がゆっくりと回っていて、僕の真上では緑の木の葉がさわさわ揺れていた。眩しい日の光に風船の輪郭が欠ける。僕は目を細めた。眩しいのに、赤い風船から目が離せない。

子供のはしゃぐ声がそこかしこから聞こえてくる。頭上からは蝉《せみ》の声が降ってきていた。そこは遊園地の片隅、数メートル先の売店から鼻孔を擽《くすぐ》るバターの匂いが漂ってくる。そうだ、たしか僕はあのとき、ポップコーンの売店の列に並んだお母さんを待っていた。お父さんも、まだ二歳だった弟を抱っこして飲み物を買いに行っている。売店の前は混んでいるから、僕は人混みから少し外れた、静かな木陰のベンチに座って休んでいたのだ。

風船が現れたのは、そんなときだった。僕はそばで回っている観覧車のカラフルなゴンドラを眺めていて、その視界を切るように赤い風船が通り過ぎた。

「待ってー」

風船を追いかける声がする。そちらを振り向くと、ひまわり色のワンピースの女の子がいた。おそらく、五、六歳だ。当時の僕と同じくらいだった気がするから、たぶんそうだ。その少女はふよふよと逃げていく風船を一生懸命追いかけていたが、風船は小さな女の子の手にはとうてい届かない高さまで飛ばされてしまっていた。

懸命に背伸びをする女の子の肩に、手を置いた人がいた。

「お嬢ちゃん、どうしたの？」

二十代後半くらいだろうか。当時の僕から見たら〝大人のお姉さん〟という印象の女性だった。

「ひとり？　おうちの人は？」

艶のある黒髪が、夏の日差しに煌《きら》めいていた覚えがある。女の子はその女性の方を振り向いて、空高くのぼってしまった風船を指さした。

「れいの風船、飛んでっちゃったの」

「うーん、残念だけど、あれはもう届かないなあ」

女の子とその女性は、ふたりで風船を見上げていた。そして、女性が女の子に目を落とす。

「れいちゃん、あの風船はもう諦めて、一緒に新しい風船をもらいに行こう」

風船ばかりを目で追っていた女の子も、女性の方に目線を動かした。

「うん！」

待って、と、僕は思った。

その人、知らない人だよね？　知らない人についていっちゃだめなんだよ。

幼稚園でそう教わったばかりだった僕の頭の中に、そんな言葉がよぎった。その大人の女性が、まるで人を食らう化け物のような……そんな嫌な感じがしたのだ。だが、得体の知れない人を前に、僕は声を出せなかった。

「風船なくしちゃったこと、パパとママにはばれないように、ふたりでそっと行こうね」

女性が幼い女の子の小さな手を握る。

だめだよ、ついていっちゃだめだ。僕は頭の中で必死に叫んだ。だが、言葉が出ない。ここで声を出したら、僕も連れていかれてしまうかもしれない。怖い目に遭う気がする。本能がそう知らせるのだ。引き止めたい気持ちと、声をかけることへの恐怖がせめぎあう。尻込みしているうちに、ふたりの後ろ姿はどんどん遠くへ行ってしまう。小さくなっていくひまわり色のワンピースが、僕の焦燥を募らせる。

周りの人たちにはふたりが親子に見えるのか、誰もなにも言わない。だって、一部始終を見ていたのは僕だけだったからだ。

「お待たせ！」

背中から声をかけられ、僕はびくっと振り向いた。お母さんがポップコーンを両手に持って笑っている。

「どうしたの。なに見てたの？」

そうだ、お母さん。僕はお母さんに、今の出来事を報告しようとした。僕の代わりに、大人であるお母さんが引き止めてくれればいいと考えたのだ。だが、あの女の子と怪しい人はもうとっくに人混みの中に消えていた。

「えっと……」

もしかしたら、まずいものを見たかもしれない。ちゃんと大人に伝えるべきだ。今の僕であればそう考えるのだが、当時の僕は幼すぎた。

「観覧車を、見てたんだ」

怖いものを見てしまった、その事実を今すぐにでも忘れてしまいたかった。子供すぎてその感情の名前は知らなかったけれど、罪悪感とか拒否感とか、そういうものだったのだと思う。

空をのぼっていた赤い風船は、いつの間にか見えなくなっていた。

1章　僕は小さくて

大学四年の夏休みって、人生最後の夏休みじゃないか。

そのときになって気づいた。いや、社会に出てからもお盆休みくらいは取れる職場もあるけれど、なんの気まずさもなくこんなに長い休暇をもらえるのは、これが最後なのだ。

「明日から夏休みだー！　全力で満喫するぞ、慧《さとし》！　どこ行く？」

友人の十野《とおの》はさっそく気合十分である。こいつは普段からやたらと元気がいいが、夏休みを前にいつにも増して声が大きくなっていた。

それに対して僕、一ノ瀬《いちのせ》慧は。

「ごめん十野、ちょっとそこのスーパー寄っていい？　今日、たまごが安いみたい！」

まるで学生らしくない、主夫みたいな言葉で会話を遮《さえぎ》ってしまった。

前期最後の授業のあと、学校からの帰り道が同方向である僕たちは、まだ明るい午後の街をふらふらと歩いていた。ラーメンでも食べて帰ろうかと話していて、キャンパスの近くの商店街をうろついていたのである。就職の内定も決まり、授業も終わり、僕らは完全に解放されていた。

　蟬の声がうるさい。降り注ぐ直射日光に加えてコンクリートの照り返しもあり、街は陽炎《かげろう》で歪《ゆが》むほどムシムシしている。リュックサックを背負った背中が汗ばんで、額からも滲《にじ》み出す汗で前髪が濡れていた。

「母さんから連絡来てた。学校の近くのスーパーで特売してるから、買ってきてって」

　僕がスマホを十野の方に向けると、十野は感嘆したように言う。

「ほお。いい子ちゃんは大変だな。お母さんのお使いなんて」

「やめろよ……実家暮らしなんだから仕方ないだろ。あ、ついでに鶏肉と玉葱《たまねぎ》と塩胡椒《こしょう》もだって。バターも、それからケチャップの買い置きも切らしたと」

　僕は十野の意地悪を受け流しながら、母親から次々と送られてくるメールを目で追った。けっこうがっつりとした買い物になりそうだ。

　一分も歩けば母が指定したスーパーに着いた。入り口で買い物カゴを手に取ると、僕は母からのメールをちらちら確認しつつ、その中に玉葱を入れる。十野は僕のカゴを眺めて聞いてきた。

「お前さあ、学校卒業しても実家で暮らすの？」

「ううん、来年からひとり暮らしを始めるよ」

僕は高校卒業後、家から電車で三駅の福祉系の大学に進学し、実家から学校に通う日々を送っていた。だが大学最後の年に入って、突如母から「来年から自立しなさい」と告げられたのである。社会人になると同時に、ひとり暮らしをしなさい、というわけだ。それ自体はいい。実家暮らしは楽でよかったが、ひとり暮らしには憧れがある。

十野がうんうんと頷《うなず》く。

「ひとり暮らしはいいぞ。俺も今アパートでひとりだけど、自由で快適で。飯はコンビニとかインスタントばっかになるし、洗濯物は溜《た》まるし、部屋は汚くなるけどな」

事実、今十野が持っているカゴの中はカップ麺だらけである。

「十野と一緒にしないでよ。僕はきちんとした生活を送るつもりだから」

十野の部屋にはたまに遊びに行くが、なかなかだらしない生活が見て取れる。ゴミは出し忘れているわ脱ぎっぱなしの服が山になっているわで、僕は行くたびに片付けをしている。十野は開き直って笑っていた。

「まあ慧は料理も洗濯も掃除もできるし、しっかりしてっから大丈夫だろ」

「あはは……ありがと。僕もひとり暮らしは楽しみだよ。自立することは大事だと思うしね。それに関しては異論はないんだけどさ」

十野が評価するとおり、幸い僕はそれなりの家事能力を身につけている。共働きの両親が忙しそうな日は家のことをちょくちょく手伝っていたので、それが経験値となったのである。お陰様でひとりにされてもやっていける自信があった。

問題は資金である。なにせ、ひとり暮らしを始めるのにはお金がかかる。家賃や食費がすべて自分持ちになることはもちろん、暮らしのスタート時にはさらなる負担がかかってくる。新しい家具家電を買い揃える必要があり、部屋を借りれば敷金礼金が発生する。引っ越しに業者を使えばもっとお金がかかる。

「遅くても来年の春までに、お金を用意しなくちゃいけないいんだよ。だからこの夏はバイトに費やそうと思ってて」

「ふうん、あれ？　お前バイトしてたっけ？」

十野に聞かれ、僕は苦笑いした。

「いや、まだ決まってなくてさ……」

実は僕は、ここ一か月くらいこの問題に悩まされている。

「接客はあまり得意じゃないなとか、シフトが選べないのはやだなとか、贅沢《ぜいたく》言ってたら決まる前に夏休みに入っちゃったんだ。だから今、僕はこう見えてとても焦ってる」

「しっかりしてんだか鈍くさいんだか……」

十野が呆《あき》れ顔をする。しっかりしていようが鈍くさかろうが、僕は急いでお金を作らなくてはならない。人生最後の夏休みは、遊んでいられそうにないのだ。

目的だった安売りのたまごを無事にカゴに収め、ついでに頼まれた鶏肉と塩胡椒、バター、ケチャップも入れた。レジは空《す》いていて、僕らの他にはひと足先に夏休みに入ったであろう小学校低学年くらいの男の子と、その母親が並んでいるだけだった。男の子が母親を見上げて喋《しゃべ》っている。

「だから、本当にいるんだって！　コウくんが言ってたもん」

「はいはい。そういうの、都市伝説って言うのよ」

「違うよ、コウくんのお姉ちゃんが、本当に願いを叶えてもらったんだよ」

この親子の会計が終わり、レジが僕の番になる。パートのおばさんが商品をひとつずつレジに通していく。甲高い声の男の子は、母親に手を引かれて店の自動ドアから出て行った。

「本当だよ。『運命屋《サダメヤ》』の噂《うわさ》」

通り過ぎていく彼らの会話が、引っかかった。

「……サダメヤ？」

なんだそれ。

聞き耳を立てているうちに、僕の会計が終わった。隣のレジで支払いを終えた十野が、先にサッカー台で袋詰めをしていたので、僕もその横で買った物を袋に移す。

「ねえ十野、サダメヤって聞いたことある？」

おもむろに振ってみると、十野があっさり答えた。

「ああ、あの都市伝説？」

「知ってるの？」

「うん。〝運命《うんめい》〟に屋号の〝屋〟と書いて『運命屋《サダメヤ》』」

初めて聞いた。なんとなく、神秘的な響きである。

「ほら、大学の近くに、ボロボロの家があるだろ」

そういえば、校門から五分くらい歩いたところに、古民家がある。立派な庭に木が鬱《うっ》蒼《そう》と茂る、木造の日本家屋だ。ただの立派な一般住宅だと思うのだが、もう長いこと人が住んでいないようで、廃墟と化している。

十野は詰めおえた袋を手繰り寄せて、肘に吊《つる》した。

「あそこに、女の人が住んでるんだって」

「えっ？　あそこは廃墟だろ。誰も住んでないよ」

僕は目を剝《む》いたが、十野もまあ、と困った顔をした。

「そうなんだけどさ、ここ一か月くらいかな、引っ越してきたらしい。俺も小耳に挟んだだけなんだけど、ぽつぽつ話題になってるんだよ」

驚いた。なんといったってあそこはもう何年も人が住んでいない廃墟である。まさか誰か住んでいたとは知らなかった。

「まあ、古民家をリノベーションして住む人はいるからね。百歩譲って、人が住んでるのはいいとして……」

僕はちらと、十野の顔を窺《うかが》った。十野がニヤッと笑う。

「その女の人が『運命屋』」

通りすがりの子供も言った、その名前が出てくる。

「運命屋に頼むと、未来を変えてくれるらしいぞ」

「はあ、よくありそうな話だね。おまじないというか、パワースポットみたいなもの？」

呆れるほど捻《ひね》りのない都市伝説である。十野はカサ、と袋を鳴らした。

「さあ。ただ噂では、未来を変える対価として、料金と共に過去の記憶を支払うと言われてる」

「過去の記憶を？」

僕は買い物した袋をリュックサックに突っ込み、十野の言葉を繰り返した。十野はうんうんと頷く。

「だからつまり、嫌なことを忘れられて、願いも叶えてもらえるってことだ」

そこまで聞いたら、僕はもう呆れるのを通り越して笑ってしまった。

「なんだその虫のいい話！　そんな都市伝説があったんだね。こういうのって誰が最初に言い出すんだろう」

「そんなんマジで存在したら最高だよな！」

はははと笑い合って、店を後にする。買い物をすませた僕らは、目的だったラーメン屋を目指して街を歩いた。

着いた店は、十野がここ最近気になっていたという『つきとじ亭』という個人経営のこぢんまりした店である。引き戸を開けて、中に入る。店の中はラーメン屋独特のしょっぱい匂いがして、冷房がガンガンに効いていた。客はサラリーマンがふたりいるだけだ。

空いている店の中で、僕と十野はカウンターに並んで座った。

「俺、豚骨大盛りで」

十野がメニューを見るなり店の強面《こわもて》の親父に注文し、僕も置いていかれまいと慌てて決めた。

「僕は塩で」

「お、今日は決めるの早いじゃん」

すぐにメニューを置いた僕を見て、十野が驚く。僕はまあねと苦笑いした。本音を言うと、じっくり選びたかった。でもあまりのろのろしていると、十野の機嫌が悪くなる。

「でさ。さっき話した運命屋って、おもしろい話だよな」

喋りながら楽しくなってきたのか、十野がいったん終わっていた話をもう一度始めた。彼はジーンズのポケットからスマホを取り出し、さくさくと指を動かす。

「『運命屋』で検索してみるか。……お、出てきたぞ」

十野が僕の方にスマホの画面を傾けた。僕はその画面を覗《のぞ》き込む。検索結果のいちばん最初が、運命屋に関するネット掲示板。二番目にはネット上の質問サイト、次にSNS上の書き込みと続いている。僕は画面上の小さな字を目でなぞった。

「ふうん。意外と有名な話なのかな」

「この街の周辺では噂になってるみたいだ。一部の暇人が小声で騒いでるって感じだな」

十野は絶妙な表現をして、いちばん上に表示されていたネット掲示板をタップした。

「いろいろ書き込まれてんな。『運命屋は、人の肌に触れるだけでその人の記憶を見ることができる』『未来を変える運命の力を引き寄せてくれる』『ただし運命を引き寄せるには、それなりの対価として記憶を消されてしまう』……だって」

そんなことができる人がいたら、もはや魔女ではないか。なんだかなにもかもがファンタジックでうさんくさい話である。十野がニヤリとする。

「これが本当なら、慧もバイト探さなくてよくなるな」

「へ？」

怪訝《けげん》な顔をした僕に、十野はおかしそうに続けた。

「『ひとり暮らしを始められる資金をください』って運命屋に頼めばいいんだから」

「記憶を抜かれるとか言ってなかった？」

「でも考えてみると、たいがいの記憶が忘れてもいいようなことばっかだろ。ほとんどがすんだことなんだからさ」

「はあ、たしかにそうだね」

すべてはそんな都合のいい存在が実在すればの話だ。

「へい、豚骨の大盛りと塩、お待ち」

ラーメン屋の親父が僕らの前にそれぞれラーメンを置いた。湯気がもくもくあがって、せっかく冷房で汗が引いていた僕の額を再び湿らせた。十野はラーメンの横にスマホを置き、麺を啜《すす》りはじめた。僕も黙って麺を口に運ぶ。とくにおいしくもまずくもない普通の味である。でも安いからまた来るかな、なんて考えていたときだった。

「そうだ、これから行ってみよう」

十野の言葉に、僕は耳を疑った。

「行くって……？」

「運命屋に決まってんじゃん！　慧、ちょうどいいだろ。バイトなしでひとり暮らしの資金調達できるか、試してみよう」

「いや、なに言ってんの！　こんなのくだらないデマだよ」

どうせネット界隈の根も葉もない噂話だ。鵜《う》のみにする方がバカげている。子供みたいにわくわくしている十野を、僕は首を振って宥《なだ》めた。

「あの古民家は普通の廃墟だと思うし、もし本当に人が住んでるとしたら、そこにいきなり訪ねたらその人の迷惑になる」

こんな噂を広められて、きっとあの家の主はうんざりしていることだろう。しかし、好奇心を刺激された十野は言い出したら聞かない。

「いいじゃん、行くだけ行ってみよう。デマなら引き返せばいい」

「だめ。そういう悪ふざけはよくないよ。そこの住人を巻き込むことになるんだから」

僕が鋭く言うと、十野はむすっとむくれた。

「なんだよ。頭固いな……。ノリ悪」

ぐさり、と胸に気まずい痛みが走った。たったそれだけの言葉なのに、ぞわぞわした不安感が僕を襲う。背中に、暑さと関係のない汗をかく。それは一秒以内の出来事で、直後、僕はとっさに返していた。

「冗談だよ……」

口をつく嘘《うそ》と、作り笑いを貼り付ける。ラーメンのメンマを不機嫌そうに齧《かじ》っていた十野は、ちらとこちらに目を向けた。僕は大きく頷いてみせた。

「本当は僕も気になる。今日このあと暇だし、行ってみよっか」

手のひらを返した僕に、十野は満足げに口角を吊り上げた。

頭が固いとか、ノリが悪いとか。そういう言葉が、苦手だ。

周りに馴染《なじ》めないのが怖い。皆と違うことをして、仲間外れにされたくないのだ。十野はその明るくて人懐《ひとなつ》っこい性格から、友達が多い。彼のような人と友達になっておくと、自然と安全な流れに乗ることができる。

流れに乗るコツは、余計な自己主張をしないことだ。ラーメンを選ぶのに余計な時間をかけない。ちょっと間違っていることを見つけても、ある程度見て見ぬふりをする。ただ、八方美人すぎると腹黒いと言われてしまうので、そこそこの意見は持つ。持った上で、周りと違うようならそっと軌道修正をする。

こういう気の遣いかたは、自分でも気が小さいなと思う。でも、僕のような自分に自信がない人間はそうやって生きていくのがいちばん楽だ。空気を読んで、我慢するくらいが賢明なのである。だから今回も仕方なかったのだ。あの古民家に人が住んでいるというのなら住人には申し訳ないが、僕の交友関係のために犠牲になってもらう。

ラーメン屋を出ると、空はだいぶ夕焼け色に侵食されていた。オレンジと紫の混じった夕空に、やけに赤い太陽が浮かんでいる。もっさりした雲が、藍色の影を作っていた。僕と十野は来た道を戻り、学校の方向へと歩みを進めた。十野はすっかりご機嫌で、楽しそうにニヤニヤしている。

「ネットの情報だと、運命屋に出会って本当に人生変わった人もいるみたいだぞ。これでマジでひとり暮らしの資金が手に入ったら、最高だよな」

「そうだね。もしお金はだめだったとしても、バイトが見つかるようにお願いしてみてもいいかな」

どうせありえないことなのだから関係ないが、十野に話を合わせておく。十野はそうそうと頷いた。

「これで慧の夏休みは快適だな。金ができたら、飲みに行こうぜ」

「僕の奢《おご》り前提かよ」

談笑しながら歩いていると、件《くだん》の古民家の前に辿り着いた。敷地の一歩手前で、十野がニッと目を細める。

「ここだな」

ふわっと、生ぬるい風が吹いた。同時にスッとした匂いが鼻を抜ける。風の向こうで木々が揺れ、その先に一軒の日本家屋と庭が見えた。

夕焼けの中にひっそりと、それでいて物々しく佇《たたず》む、大きな古民家だ。登校するとき、必ず目にしていた家である。目の端に入ってはいたけれど、こうしてしっかり見たのは初めてだった。庭の前には門があった形跡があるが、今は取り外されている。

「門がなくて庭まで開け放たれてる。これじゃ中まで侵入できちゃうね」

敷地の外から言う僕を置いて、十野がどんどん庭に踏み込んでいく。僕はぎょっとその背に叫んだ。

「勝手に入ったらまずいんじゃない!?」

「大丈夫大丈夫。開いてるんだから入っていいんだよ」

無遠慮に入っていく十野を、僕はおどおどしながら追いかけた。

広い庭を囲んで生い茂った木々が、砂利の上に影を落としていた。じわじわじわと蟬の声がする。庭の奥には、全容が見えないほど大きな建物の一部が欠けて見えた。木造のずっしりと重い茶色い壁と、影を落とす軒。その下には、夕日でほんのりオレンジ色に染まった障子と、縁側がある。ほんのりと漂うハーブのような匂いが、頭をくらっとさせる。

なんだろう。近くに見慣れた学校も市街地もあるのに、ここだけが異質な雰囲気を発している気がする。不思議な感覚なのだが、妖しさというか気味の悪さというか、切り取られた別の世界のような感じがするのだ。庭を守るように枝を広げる木々が、風に揺れる。さわさわと静かな葉の音を奏でる。やけくそみたいな蟬の声と、重厚な存在感を放つ赤い太陽。なにかに圧倒されるように、僕は絶句していた。

僕がこんなに気押されているというのに、十野はわりといつもどおりだった。

「なんか、すっげえ。SNSにあげたら反応よさそうだな。写真撮っとくか」

あろうことか十野はスマホを構えた。他人の家に向かってカメラを起動している。僕は慌てて十野の手首を摑んだ。

「さすがにそれはだめだろ！　人が住んでるっていうんならプライバシーの侵害でしょ」

しかし十野はスマホをおろそうとしない。

「うるせえな、誰も住んでなさそうじゃん。もし住んでたとしても、入り放題にしてる方が悪い。ま、家の主《あるじ》にばれなきゃ大丈夫だって」

「いくらなんでもいたずらじゃすまされないぞ!?」

調和を重んじる僕だが、悪事に巻き込まれるのはご免である。スマホをめぐってもみ合いをしていると、突如背後から声がした。

「あら。うちになにかご用かしら？」

若い女の人の、透明感のある声だ。僕と十野はびくっと肩を弾ませて振り向いた。やはり、人が越してきたというのは本当だったようだ。

「あっ、すみません！　勝手に入って……」

出先から帰ってきたらしいこの家の主に頭を下げようとして、僕は途中で言葉をなくした。いや、言おうとしたことが吹っ飛んだといった方が合っているかもしれない。

女性が僕の言葉の続きを待って、小首を傾《かし》げた。長い黒髪がつやっと光る。真夏だというのにまったく日焼けしていない色白な頬は石膏のように滑らかで、唇は花弁みたいに潤んでいる。二十代後半から、三十代に入ったくらいだろうか。清楚《せいそ》な白いブラウスと足首まである長いスカートに身を包み、細い指で耳にかかったおくれ毛を払う。

びっくりするほどの美人だ。芸能人でも、ここまできれいな人は見たことがない。

「最近、ちらほらお客様がみえるの。あなたたちも、噂を聞いたのかしら？」

彼女は僕らを咎《とが》めることなく、ふんわりと微笑《ほほえ》んだ。しばらく声の出しかたを忘れていた僕は、一度小さく深呼吸してたどたどしく尋ねた。

「えっと……あなたが、さ、運命屋……ですか？」

そんなはずがあるわけないのに、運命屋なんてくだらない都市伝説だとわかっているのに、混乱していた僕はそんなおかしな質問をした。十野の方も思っていたのと違う展開に戸惑っていたが、バカな問いかけをした僕の背中を拳でどつく。なにか取り繕わなくてはと言い訳を考えはじめた僕を見て、きれいな女性はゆっくりまばたきをした。

「そうね。そう呼ばれているみたい」

彼女は否定せず、きれいな所作で会釈した。

「初めまして、私は千夜子《ちよこ》。誰が言い出したのかわからないけれど、通称『運命屋《サダメヤ》』よ」

夜空のような真っ黒な瞳が、僕を見据える。吸い込まれそうな眼だ。長い睫毛《まつげ》に夕日が憩い、前髪が風に揺れる。

息をするのを忘れるほどの美貌に、僕と十野はしばし口を半開きにして固まっていた。先程まで暴走気味だった十野もぼけっとして、手に持っていたスマホを落とした。砂利の上に叩きつけられたスマホがズシャッと音を立てる。その音で我に返った僕は、十野の代わりに屈《かが》んだ。

「なに落としてんの……」

「あらあら」

千夜子さんも、スマホを拾おうと手を伸ばす。同時に伸びた僕と千夜子さんの手が、落ちたスマホの上空で触れあった。

「わっ」

僕は思わず、手を引っ込めた。心臓が飛び出すかと思った。きれいな女性のしなやかな指に触れてどきっとしたのもあるが、それ以上に異常に冷たい指に驚いたのである。千夜子さんは、屈んだ姿勢で僕を見上げた。少しびっくりしたような、なにか妙なものでも見たような目が僕に向けられる。

「……え、あなた……」

僕は彼女の指が触れた手の甲を押さえ、息を止めた。女性に免疫のない男と思われただろうか。僕が目を泳がせているうちに、千夜子さんは十野のスマホを拾った。

「はい」

十野にスマホを返す彼女にはもう先程までの驚いた表情はなく、もとの絵画のような微笑みに戻っていた。十野はスマホを受け取って、人懐っこく笑った。

「あざっす！　千夜子さんめっちゃ美人っすね。未来を変えられるって、マジですか？」

フランクな口調の十野に、僕はぎょっとした。十野が明るくて壁のない性格なのは重々承知しているが、それにしたって馴々《なれなれ》しい。最初こそ言葉を失っていたが、もう打ち解けたかのような話しかたをしている。僕の方は、千夜子さんの放つ妖艶《ようえん》で独特なオーラにのみ込まれそうだというのに。ナンパでもしているかのような言葉遣いの十野にも、千夜子さんは不快そうな顔ひとつせずにっこり笑顔を見せた。

「ええ、本当よ。私があなたの未来を変える運命を引き寄せてあげる」

その返答に、僕はさらに驚いた。未来を変える、だと？　都市伝説に乗っかって冗談を言っているのか、千夜子さんは笑顔でおかしなことを言うのだ。さすがの十野も千夜子さんがふざけていると思ったのか、ツッコミの姿勢に切り替わった。

「またまたー。で、なんでそんな妙な噂が立ったんすか？」

「事実だからよ。あなたの方からここまで来たのに、疑ってるの？」

千夜子さんが頬に手を当て、残念そうにため息をつく。あくまで運命屋だと押し通す彼女に、十野は頬を引き攣《つ》らせた。

「……本当に、本当なんすか？　ネットの情報の、人生が変わった人たちの話も？」

「私はインターネットには興味がないけれど、人生が激変した人がいるのは本当よ」

十野の声は、徐々に慎重になった。

「そんなら、実際にやってみせてくれますか？」

「いいわよ。どんな未来をお望みかしら？」

そろそろ引いたっていいのに、千夜子さんはまだ強気に出る。十野がちらと僕の方を見た。僕はどきっと身を縮めた。

ここに来る経緯の中で、十野と話したことを思い出す。僕らがここを訪ねてきたのは、まず運命屋という都市伝説の存在を調べるため。そしてもし本当に存在するとしたら、僕がひとり暮らしを始めるための資金を、夏休みをバイトで潰さずに手に入れることができるか検証する。それが目的だった。

「じゃあ、俺に一生遊んで暮らせる金をください！」

だが、十野はそれをあっさり裏切った。

実験台は僕だったはずなのに、土壇場になって十野は自分の欲を前面に押し出してきたのだ。

「え⁉　十野、僕のひとり暮らしは……」

「どうせお前は運命屋の噂を信じてなかったろ。だから俺は今後の人生全部夏休みにしてやる。ちょうど、『大学卒業したら今ほど自由に遊べなくなるな』って思ってたんだ」

十野はニーッと笑った。たしかに僕は運命屋なんて子供騙《だま》しな話は信じていないが、だからって都合がよすぎやしないか。願いの内容もバカみたいに欲深い。

しかし、千夜子さんはまったく嫌そうな顔をしなかった。

「承知したわ。十野くんといったかしら。手を貸して」

彼女は美しい顔で受け入れ、十野に向かって左手を差し出した。十野が興奮して鼻息を荒くし、彼女の左手に右手を伸ばす。

直感的に、僕はまずいと思った。なぜそう思ったのかはわからない。だが心臓がばくばく暴れるのだ。なんだかすごく怖い感じがする。千夜子さんが変な人だからだろうか。これ以上こんなことに関わってはいけない。本能が拒絶する。

「十野……」

僕は十野の一歩後ろで、名前を呟《つぶや》くことしかできなかった。その、一秒後である。

「うわあああ！」

いきなり、十野が叫んだ。僕はびくっと肩を震わせる。十野が千夜子さんの手を振り払い、二、三歩素早く後ずさった。

「なんだ、なんだここ、お前誰だ！」

十野が怯《おび》えた目で怒鳴る。拳を握って、腰を少し屈めて、千夜子さんを威嚇《いかく》する。突然様子が変わった彼に、僕はそっと尋ねた。

「ど、どうしたの十野……？」

「わあっ！　なんだお前、誰だよ」

十野は僕にも怯える。彼は頭を抱えてブツブツ呟きはじめた。

「なんなんだ？　俺はさっきまで、慧と一緒に運命屋を訪ねて……」

「そうだよ、だから僕も、運命屋の千夜子さんもここに……」

僕が横から言うと、十野はさらにびくついた。

「お前誰だよ！　俺は慧と……あれ、慧って誰だ？　慧ってなんだっけ？」

「十野⁉　大丈夫⁉」

おかしい。こんなに取り乱した十野は初めて見た。僕をからかうための演技とは思えない。病的なほどの雰囲気を感じる。背中に汗が滲む。僕まで混乱してきて、頭がおかしくなりそうだ。目を回す僕の背後で、やけに涼しい声がした。

「あらあら……おかしくなってしまうのも無理ないわね。目に映るすべてのものが、初めて見るものになったんだものね」

感情が感じられない美しい声に、背筋がぞわっと寒くなる。

「仕方ないでしょう？　十野くんが一生遊んで暮らせるお金を手に入れるには、全部の記憶を代償にしないと賄《まかな》えなかったんだもの」

僕は、おそるおそる目線を移した。千夜子さんがにこりと微笑んでいる。

「あなたという人間の器は、その程度だったの。これほどの代償を支払わない限《かぎ》り、あなたが一生分のお金を手に入れる運命なんて起こりえなかったのよ」

夕焼けを背にした彼女の顔は、前髪の影で薄暗く陰っていた。

ぞっとした。目の前に絶叫する男がいるというのに、彼女は一切動じない。それどころか、そんな滑稽な男を楽しむように笑っているのだ。

それに、なんだか意味不明なことを言っている。記憶が、なんだって？　そんな、まさか。そんなはずない。

僕は、浅い呼吸の間から震える声を絞り出した。

「……あなたが……やったんですか……？」

千夜子さんの黒い瞳が僕に動く。

「だって、十野くんがそう望んだんだもの」

花びらのような唇が、涼やかな声で言う。あっさりと認めた千夜子さんを前に、僕は額に汗を浮かべた。十野が両手で顔を覆って崩れ落ちる。地面に小さく座って、ブツブツとなにかを呟いている。僕は息を荒らげて、千夜子さんを睨《にら》んだ。

「十野になにをしたんですか」

千夜子さんはくりんと首を傾けた。

「なにをびっくりしてるの？　情報を調べてから来たようだったから、てっきり承知してるものと思っていたのだけど」

ガタガタ震える十野を一瞥《いちべつ》し、千夜子さんが淡白に答える。

「記憶を消したの。正しくは、彼が今まで見てきたすべての映像を、運命を引き寄せるエネルギーに変えたのよ」

意味がわからない。なにを言っているんだ、この人は。

「十野は、僕のことがわかんなくなっちゃったんですか……？」

「うーん。そうね、さっきまではあなたの名前はわかったみたいなんだけど、もうわからないかもしれないわね」

そんな、ありえない。手に触れただけで人の記憶を消し去るなんて、そんなことが普通の人間にできるはずない。こんなことになっているのに、どうしてこの人は笑っているのだろう。

「私が消したのは、記憶の中の映像だけよ。つまり十野くんが生まれてから今まで、視覚で得てきた情報がなくなっただけ。ただ、ほら。たとえば建物が取り壊されると、そこになにがあったか思い出せなくなったって経験はないかしら？　そういう感じでね、視覚での記憶を失うと連鎖的にいろんなことを忘れてしまうこともあるわ」

しれっと語る彼女には、悪びれる様子もない。僕は夢中になって千夜子さんに噛《か》みついた。

「この期に及んでまだそんな冗談言うんですか⁉　いい加減にしてください！」

「そっちこそ、この期に及んでまだ疑ってるの？　お友達を見なさいよ」

千夜子さんが呆れ顔をする。蹲《うずくま》る十野が呻《うめ》いている。

「視覚で覚えていたことが全部なくなって、混乱状態が彼を焦らせて、余計にこんがらがって、わかることまでわからなくなっていく。みるみる壊れていくわね」

千夜子さんはおかしそうに言った。

「彼、こんなになっちゃったけど運命は最高に輝いてるのよ。彼はこれから、一生遊んで暮らせる大金を手に入れるの。ただ、こんな精神状態じゃお金を手に入れても価値がわからないかもしれないわね。うふふ、かわいそう」

僕は十野をしばらく眺めていた。なんでこんなことになった？　頭の中がぐちゃぐちゃになる。理解の追いつかない出来事が立て続けに起きて、脳が処理しきれない。膝ががくがく震えて、唇が渇いて、心臓がばくばく跳ねる。

他人の記憶を消すなんて、そんな超能力があるはずがない。理性がそう否定するが、現に、目の前で十野がおかしくなっている。すぐそこで起きている事実からは目を背けられない。僕は汗の滲む拳を握りしめ、さらに声を大きくした。

「こんなことをして許されると思ってるんですか⁉　十野の記憶を戻してください！」

「どうして怒ってるの？　私は頼まれた仕事をしただけなのに……」

千夜子さんは困っているというより、怒る僕をおもしろがっているように見えた。

「十野は大事な友達なんです！　友達にこんなことされて、怒らないわけないでしょ⁉」

「友達？　よく言うわ。この子の顔色をずっと窺ってたくせに」

千夜子さんの微笑みが、僕を凍りつかせた。心の中を見透かされた、というよりも、僕自身も目を背けていたことを、的確な言葉でまとめられた。

「あなた、〝いい人〟でいたいんでしょ。人間関係の中で、無難でちょうどいいポジションを維持するために、周囲にとって都合のいい人でいたいのよね？」

なんで。なんで、全部わかるんだ？

自覚したくないのに、頭では納得している。納得しているのに、心が反発する。変な汗が滲んで、なにも言い返せなくなった。千夜子さんはそんな僕をおもちゃを見つけた子供のような目で眺めていた。

「ごめんなさいね。さっき一瞬あなたの手に触れたでしょ？　そのときに弾みで記憶が見えてしまったの。あなたと十野くんの関係を見ていても一目瞭然、あなたは目立ちすぎない位置で、それでいて存在を認められたいと思ってる。そういう狡《ずる》い子なのよね」

胃の中が気持ち悪くなる。そんな的を射た言葉を遣うな。僕が醜くなるような言いかたをするな。千夜子さんの唇がニヤリと吊り上がる。

「正義感を見せようとするのも、優しい自分に酔いたいからなんじゃない？　優しい人というのはたいてい、なにか裏があるかエゴイスト、それかその両方よね。本当、小っちゃい人間だわ」

体じゅうが拒否反応を起こして、僕はいっそう見苦しく叫んだ。

「やめてください！　あなたに僕のなにがわかるんですか！」

千夜子さんが必死になる僕を見て吹き出す。

「はいはい、意地悪を言って悪かったわ。わかった。記憶の払い戻しね」

まるで全部冗談だったかのようにまとめて、彼女は蹲る十野を手で示した。

「十野くんの変わった未来ももとに戻るけど、いいかしら？」

僕の体は震えていた。まだ心臓がどくどくいっている。僕は荒い深呼吸を二、三度繰り返した。冷静になれ。ひとまずここまで漕《こ》ぎつけたではないか。

「お願いします。どっちにしろ、本人がこれじゃ、どんな未来でも意味がないですから」

「いいわ、戻してあげる。でも、もちろんタダじゃないわよ」

千夜子さんはあっさり頷きつつも、獲物を見つけた蛇《へび》のような目つきをしていた。恐ろしいのに、目が離せない。僕はごくりと唾を飲む。千夜子さんがニイ、と口角をあげた。

「慧くん、だっけ？　あなたおもしろいから特別にまけてあげる。いらっしゃい」

千夜子さんは僕を手招きし、庭の奥へと進んでいった。長い髪の先がふわふわと揺れる。縁側の沓脱石《くつぬぎいし》にサンダルを脱ぎ、彼女は廃屋にあがった。僕は後ろで蹲ったままの十野を振り向いた。千夜子さんが僕を呼ぶ。

「どうしたの？　早くいらっしゃいな」

普通の女性のきれいな声なのに、僕はびくっと恐怖に取りつかれた。震える十野を庭に置き去りにして千夜子さんについていく。彼女に倣《なら》って靴を脱ぎ、縁側にあがる。異様な人の家に入るのは勇気がいるが、僕に拒否権はない。

「お邪魔します……」

正面のところどころ破けた障子が、夕日の色を受けてほんのりオレンジに色づいている。千夜子さんは柔らかな微笑みを携え、障子戸に手を添えた。ガラッと開いた戸の向こう側を見て、僕は目が点になった。

「えっ……なにこれ」

床に散乱した、ぐちゃぐちゃの服や開きっぱなしの本、インスタント食品の空容器、飲みかけのペットボトル。建物の造りからしておそらく畳が敷かれているのであろうが、そんなものは欠片《かけら》も見えない。足の踏み場なんかない。部屋の真ん中には座卓があるようだか、それにもごちゃごちゃと物が積まれて埋もれてしまっている。なんてことだ、障子戸で蓋《ふた》をされていた先がこんなゴミ屋敷だったなんて。

「ここ、客間なんだけどね。居心地がよくないの。私、お掃除がちょっと苦手なのよ」

千夜子さんが自身の頬に手のひらを添えてため息をつく。

「『ちょっと』⁉　これをちょっとと言うんですか⁉　どんな生活してたらこんなに汚くなるんですか」

行くたびに掃除をする十野の部屋のことを相当汚いと思っていたのだが、この部屋は比べものにならない。ゴミを捨て忘れているのではなく、まとめる意思すらないようだし脱ぎっぱなしの服は山になるどころか崩れて広がって海になっている。千夜子さんはこのゴミ部屋の主とは思えない美しい顔で苦笑した。

「お客さんとお話しするときに、びっくりされちゃうのよ。だからね、慧くん。この部屋を掃除してくださらない？」

その言葉に、僕は絶望的な気持ちになった。こんな汚い部屋は見たことがない。しかも他人の部屋だ、なにが発掘されるかわからない。だいたい、こんなにごちゃごちゃな部屋をきれいにするにはいったい何時間かかるのだ。

「この部屋をきれいにしてくれたら、あなたのお友達の記憶を戻してあげるわよ」

千夜子さんの言葉に、僕はハッとした。そうだった、十野の記憶を戻してもらうのだ。振り向くと、十野はまだ庭の隅っこで小さくなっていた。

千夜子さんが見せてきた行動から、もっと危ない条件を出されてもおかしくないと思っていた。それが、ここを片付けるだけで記憶を戻してもらえるというのなら、かなり甘い条件である。

「本当に、戻してくれるんですね」

「もちろん。映像の記憶しか操作できないから、その他のことは十野くん自身に思い出してもらうしかないけどね」

それでも、空っぽになって錯乱しているよりはずっとましだ。映像が消えたことで忘れたことがあるくらいだ、映像を思い出せば、忘れたことも思い出すだろう。僕は意を決して、背負っていたリュックサックを縁側に置いた。

「わかりました。掃除、させてください」

何時間かかるかわからない……。でも、やる以外に選択肢はない。にんまり笑う千夜子さんを、僕は精いっぱい睨むことでしか抵抗できなかった。

　近くのコンビニまで走って、ゴミ袋と軍手、マスクを購入する。庭を出たとき、一瞬「このまま帰ってしまおうか」などと狡い考えがよぎった。だが十野を人質に取られている以上、しっかり戻って掃除する他ない。十野には厄介な目に遭わされることもあるけれど、見捨てることはできない。なにより千夜子さんが怖くて、気が小さい僕は彼女に逆らうことができなかった。

　買い物をすませて戻ってくると、千夜子さんは縁側に座ってお茶を飲んでいた。

「あら、逃げずに帰ってきたのね。偉い偉い」

　バカにしているみたいに言う彼女をひと睨みしたあと、僕はふと、異変に気づいた。

「あれ？　十野は？」

　出かける前まで庭に蹲っていた十野の姿がない。千夜子さんが湯呑みから唇を離し、障子戸を指さした。彼女に見せられた部屋の隣の部屋だ。こちらは閉まっているが、若干隙間が開いている。中の電気は点《つ》いていない。僕は縁側からあがり、こわごわとその隙間を覗いた。こちらもごちゃごちゃと物が置かれているが、客間ほどではない。畳がちゃんと見える程度には足場がある。

そこに転がる芋虫のような男が、僕の目に映った。

手足を縛られ、口をテープで塞《ふさ》がれた十野だ。畳に横たわり、顔を伏せている。

「なんでこんな……」

解こうとしてしゃがんだら、襟首をぐんと後ろに引っ張られた。

「錯乱して暴れだしたら面倒でしょ？　だからおとなしいうちに縛っておいたの！」

千夜子さんの声が、耳元で聞こえる。背筋がぞっと凍りついた。この人、普通じゃない。変だとは思っていたが、いくらなんでも異常だ。警察を呼んだ方がいい、そんな考えがよぎる。だが千夜子さんは僕にそんな余裕は与えてはくれない。

「お友達思いの慧くんなら、すぐに解放してあげられるわよね！」

千夜子さんは僕の襟首を引っ張って客間の方へ引きずろうとしてくる。

この人の手のひらで踊らされているようで腹が立つが、悲しいかな今の僕に抗《あらが》う余地はない。一刻も早く、片付けを終わらせるしかなかった。

僕はさっそく、軍手を嵌《は》めてマスクをした。ゴミ袋を広げ、部屋から溢《あふ》れんばかりのゴミを、まとめて一気に袋へと突っ込む。千夜子さんは縁側に座って僕を観察していた。

「見苦しいものをお見せしてごめんなさいね、引っ越してきたばかりの頃はちゃんと捨ててたのよ。でも日が経つにつれて、面倒になっちゃって」

「越してきたばかりだそうですね。なんで、こんな古い家に？」

「ええ。先月来たばかりなの」

彼女の返答に、僕は散らかった床を二度見した。一か月足らずで、こんなに汚れるものなのか。涼やかな声が再び飛んでくる。

「ここは実家の分家の跡地でね。前の家主が亡くなって、本家である私の実家が土地と建物を買い取ったのよ。でもそのあとなんの整備もしないで放置された状態だったの。空いてたから、私の別荘として住まわせてもらうことにしたのよ」

千夜子さんは体を捻《ひね》って僕を見上げていた。

「実家にいた頃はお手伝いさんがいたから、お部屋の掃除なんかしなくてもいつもきれいにしてもらってたのよね」

本家だとかお手伝いさんだとか、なにやら高級感のある単語が飛び出してくる。僕は転がっていたインスタント麺のカップを拾った。もしかしたらこの人は、こういう食品が似合わないお嬢様なのではないか。本人の所作は品があるし、言葉遣いもきれいである。部屋は不相応に汚いが、逆に考えたら箱入り娘だからこそ料理ができず、洗濯物が滞留し、部屋を片付けられないのかもしれない。だからといって許されるレベルの汚さではないが。

「千夜子さん、本当に人の記憶と運命を操れるんですか？」

作業がてらに尋ねると、千夜子さんはむっと眉を寄せた。

「お友達の醜態《しゅうたい》をその目で見たでしょう？」

「見たけど……そんなむちゃくちゃな超能力、あっさり信じろっていう方が無理ですよ」

「そうよね。私のところを訪ねてくるかたがたは、だいたいが慧くんと十野くんみたいに半信半疑よ。たまに、人生をかけた望みを全力でぶつけてくる人もいるけれど」

千夜子さんはひと口、お茶を口に注いだ。

「〝過去〟と〝未来〟というものが、同じライン上にあるというのはわかるかしら？」

「え、まあ。時間という軸があって、〝今〟を隔てて〝過去〟と〝未来〟で分かれてるってイメージはあります」

僕はゴソゴソとゴミを片付けながら、顔だけ千夜子さんに向ける。千夜子さんはゆったりした仕草で頷いた。

「そう。だから、〝過去〟の持つエネルギーを消費することで、〝未来〟に影響を与えることができるのよ。ただ、その〝過去〟をエネルギーに変えることがまず常人にはできない。それができるのが、私なのよ」

千夜子さんの言っていることは、一発では理解できなかった。つい片付けの手を止めた僕を見て、千夜子さんが苦笑する。

「難しかったわね。簡単に言えば、噂のとおり、私は過去を対価に未来を変える能力を持っているということなの」

「じゃあ、未来を大きく変えたいと思ったらそれだけ大きなエネルギーが必要になって、その分の過去の記憶がなくなってしまうんですね？」

「そう。だから、身の丈に合わない未来を望んだ十野くんは空っぽになってしまったの」

千夜子さんは優しい笑顔で身も蓋もないことを言った。

「エネルギーに変わる過去の記憶は、状態によって大きさが違う。状態というのは、記憶の鮮明さ、それからその人にとって大切な記憶かどうかということね」

「うろ覚えのどうでもいいことを代償にしても、たいして未来は変わらないと」

「そのとおり。だってそんな記憶、価値がないもの」

いたずらっぽく言ってお茶を飲む千夜子さんを横目に、僕はゴミ袋の口を縛った。袋がひとついっぱいになっても、せいぜい座卓が発掘された程度だ。

千夜子さんが僕の動きを眺めている。

「昔のテレビの映像って、ガサガサしていて見づらいでしょ？　記憶というのはそういう感じで見えてるの。曖昧になればなるほど、映像は擦り切れていく。完全に忘れていることは、まったく見えない」

「その〝映像〟っていうのがなんかよくわかんないんだよなあ」

次のゴミ袋を広げながらぼやくと、千夜子さんはすっと立ち上がった。

「実際にやってみましょうか！　慧くんの望みをひとつ叶えてあげるわよ」

「嫌です！　十野があんなになったのを見たあとで、自分もやりたいなんて思いません」

身じろぎする僕にもおかまいなしに、千夜子さんは少し空いた畳の上を踏みしめ、こちらに近づいてきた。

「大丈夫よ。十野くんは身の程を知らない望みを呈したからああなっちゃっただけ。慧くんの記憶を少しだけもらって、少しだけ未来を変えましょ。ね、軍手を外して」

にこにこしながら手を差し出してくる千夜子さんは、なにを言っても引き下がりそうにない。僕はここで折れて、手に嵌めていた軍手を外した。

「では、千夜子さんの気が変わって、今すぐ十野の記憶を戻してもらうという未来をください」

「それはけっこう大きな望みよ？　なんたってこの私に楯突くんだから」

千夜子さんが小首を傾げる。柔らかな声なのに、内容は鋭くてぞっとする。

「それじゃあ、僕バイト探してるので、少しでいいから早めに、かついい給料のバイトが見つかる未来にしてください」

「それくらいならいいわよ。対価は、ちょうどよさそうなものを私が選ぶわ」

「大事そうな記憶は消さないでくださいね？」

念を押す僕の手を、千夜子さんはふふふっと笑って握った。冷えた蠟《ろう》のような手が、僕の手を包み込む。鳥肌が立つほど冷たい。指や手のひらの感触はふにふにと柔らかいのだが、その冷たさが感覚を消す。僕の手も、みるみる体温が奪われて冷えていった。

「こうして体温を感じると、記憶が一緒に流れ込んでくるの」

千夜子さんが目を瞑《つむ》る。

「だから体温の高い人ほど記憶を探りやすい。慧くんは、比較的温かいかな。あ、もちろん嫌でも見えてしまうというわけではないの。触っていても記憶の流入を遮断することはできる。逆に深く深く潜り込むこともできるわ」

「記憶の中を探ってるってことは、僕が過去に見たものが、今、千夜子さんに見えてるってことですか？」

頭の中を覗かれているというのは、なかなか不愉快である。千夜子さんはそんな僕の不快感をわざとらしく煽《あお》った。

「そうよ。プライバシーに踏み入り放題」

「やめてください……あんまり見ないで、どうでもよさそうな記憶からさっさと吸い取ってくださいよ」

千夜子さんはそれでもしばらくおもしろそうに探っていた。

「ふむふむ。いろいろ見させてもらったわ。じゃ、そろそろ記憶をいただくわね」

そう言って二秒後くらいだろうか。千夜子さんはすっと手を離した。

「はい！　今、慧くんからさっき食べたものの記憶が消えたわ。代わりにあなたは、この先ちょっとだけ早くバイトを見つける運命を手に入れた」

「え？　僕の記憶、消えたんですか？」

そんな実感はまったくない。衝撃のようなものがなにもなく、ただ手を握られて離されただけである。千夜子さんが微笑む。

「普段からものを忘れるとき、感覚なんてないでしょ？　たしかにあなたの記憶はいただいたわ」

「いや、消えてませんよ。覚えてますもん、僕、十野と一緒にラーメン食べましたよ」

僕は眉間に皺《しわ》を作った。ラーメンを食べたことも、それが塩ラーメンだったことも覚えている。ここまで踊らされたが、やはり千夜子さんの妙ちきりんな発言はすべてインチキだったか。が、千夜子さんは僕の訝《いぶか》しげな目にも動揺しなかった。

「ラーメンを食べたお店、どんな建物で、どんな看板だった？」

「えっと……」

そこまで言われ、僕ははたと固まった。店の外観を思い出せない。千夜子さんが続けて問うてくる。

「店主の顔は？　ラーメンの見た目は？」

思い出せない。店主は強面だったという印象と声は思い出せるのに、顔がまったく浮かんでこない。ラーメン自体も、特徴的な見た目ではなかったとは思うが、食べていたときに見ていた景色が、なにひとつ思い出せないのである。

「ラーメンを食べたという記憶は残っていても、ビジョンは思い出せないでしょ？　記憶の〝映像〟がなくなるというのは、こういうことなの」

味がおいしくもまずくもなかったことや、値段が安かったことまで覚えている。ただ、その事実しか覚えていないのだ。まるで夢から覚めたときのまどろみのようだ。起きた瞬間夢で見ていた光景が嘘になっていく、あの感じに似ている。

「僕、ラーメン食べたっけ……？」

それさえも、気のせいだったような感じがしてくる。千夜子さんが肩の黒髪を払った。

「映像がなくなったことで、食べたという記憶までもが曖昧になってきちゃったようね」

僕はようやく確信した。この人のこの変な能力は、本物だ。つい先程見たはずのラーメン屋での光景が、そこだけすっぽりきれいに思い出せなくなるなんて、自然に起こる現象ではない。千夜子さんはくるりと僕に背を向けた。

「慧くんがなにを見てどう感じたかまでは、私にはわからない。だから味や話していた内容の記憶は操作できないのよ」

「でも、なんかもう全部夢だった気がしてきたんですけど」

「私が触ることができるのは〝その人の脳に現状残っている映像〟だけ。関連づけていた感覚まで忘れちゃうかどうかは、あなた次第。そこまで責任取れないわ」

千夜子さんが縁側に腰をおろす。僕はしばし呆然《あぜん》とその後ろ姿を見ていた。

「千夜子さん、他人の記憶をじろじろ見た上で、消す記憶を選びましたよね」

僕はポケットに突っ込んでいた軍手を取り出し、再びそれに手を突っ込んだ。

「てことは、あなたは〝映像〟でさえあれば、記憶の鮮明さや大切さまで見て、意図したとおりの記憶を消すことができるんですよね」

「そうよ」

千夜子さんの黒髪が風に靡《なび》く。僕は慎重に声を震わせた。

「では、十野の望む運命を引き寄せたら十野の記憶を全部使うことになること、わかっ

ちゃった」

「そうよ。だってあの子、馴々しくって身の程知らずで、不愉快だったんだもの。いいお友達が払い戻しを依頼してくることまで想像がついたから、ちょっといじめたくなっちゃった」

千夜子さんは濁すことなく、あっさり答えた。

なんて奇妙な能力だろう。他人の記憶を自由に消すことができるなんて、かなり都合のいい能力ではないか。それも、こんな人格破綻者がその能力を持っている。これ、もしかして相当恐ろしいことなのではないだろうか。十野を見て学習した。この人を怒らせると大変なことになる。

千夜子さんがおもしろそうに僕を監視している。この人の機嫌を損ねてはいけない。早くこの部屋をきれいにして、十野の記憶を戻してもらってすぐに帰ろう。そしてもう二度と近づかないようにしなくては。

「慧くん、大学生？」

千夜子さんがとりとめのない話を振ってくる。

「はい……すぐそこの大学に行ってます。福祉の勉強をしてます」

普通の会話ですら、緊張する。

「あら。社会の幸せのために勉強してるのね。すばらしいじゃない」

「ありがとうございます……」

片付けをする手に自然と力が入った。常軌を逸した能力を持つ危険人物の部屋なのに、やけに見慣れた食品のゴミがあるのが妙な温度差になっていて気持ち悪い。

脱ぎ捨てられた服を洗濯物としてまとめていると、千夜子さんが急にぱたっと倒れた。

僕は思わず叫ぶ。

「うわ！　どうしました？」

千夜子さんは目を閉じていた。庭の方へ脚を垂らして、縁側で仰向けになっている。

彼女は蚊《か》の鳴くような声を絞り出した。

「……お腹空いた……」

僕は手に持っていた黒いスカートをぽろっと落とした。意外なほど生物らしい欲求が、千夜子さんの口から零《こぼ》れ出ている。怯えていた分、拍子抜けした。

「そっか、千夜子さんでもお腹は空くんですね」

「当たり前じゃない。私だって人間よ」

千夜子さんがお腹に両手を乗せる。

「この能力使うと、体への負担がすごいのよ。お腹は空くし眠くなるし。容量の大きい記憶を扱ったときはとくにね」

「十野の件は容量大きそうですもんね」

「ほんの嫌がらせのために、たいそう力を使ってしまったわ」

危険人物だということは重々承知だが、こんな人間くさい仕草を見るとなんだか気が抜けてしまう。

「夕飯は、まだだったんですか」

「ええ、出先から帰ってきてこれから食べようと思ってたの」

僕は散らかった部屋に目を落とした。食事の形跡は、総菜のパックやコンビニ弁当のゴミ、インスタント食品の空容器など。

「千夜子さん、出来あいのものばかり食べてるんですか？」

「そうね、外食がほとんどで、気分によっては買ってきてここで食事してる」

「自分で作ることは……」

「まったくないわ」

お手伝いさんがいるような暮らしをしていた人らしいから、たぶんこの人は自分で料理をすることに慣れていないのだろう。はっきりと言われ、僕は眉を顰めた。

「栄養偏っちゃいますよ」

「そういうこと言う人は、私みたいな人にご飯を作ってくれたらいいのよ」

堂々と他力本願な返事が出てくる。僕はこの千夜子さんという人の生活力のなさを身に染みて感じた。清楚な見た目からは想像できないほどのずぼらさである。僕はもはや呆れを通り越してこの人が心配になってきた。

少し、考えてみる。これはもしかして、僕がこの人の機嫌を取るチャンスではないか。

「なにか、材料はありますか？」

思いきって聞いてみると、千夜子さんは閉じていた目を開いた。

「あら、本当に作ってくれるの？　言ってみるものね」

なにか作って食べさせたら、千夜子さんの中の僕の株があがる。この人の機嫌はいいに越したことはない。料理なんかしている暇があったら掃除を進めた方がいいのかもしれないが、お腹を空かせた人というのは機嫌を損ねやすいものである。

彼女はむくりと起き上がると、腰を捻ってこちらに顔を向けた。

「でも食材なんてないわ。作るつもりなんかなかったもの」

そりゃそうか。自炊をしない人の家に、未調理の食材なんか置いてあるはずがない。

「あ、でもパックのご飯くらいならあるわ」

千夜子さんがやっと思い出した食材は、それだけだった。ありあわせで作る、ということも叶わないような品揃えだが、僕はふと、縁側に放ってあった自分のリュックサックに目を留めた。中には母から頼まれて買った食材が、無理やり詰め込んである。たまごと鶏肉と玉葱と、種類の少ない調味料しかないが、これだけでもできるものがある。

「キッチン見せてもらってもいいですか？」

「どうぞ。こっちよ」

千夜子さんが立ち上がって、汚い部屋を縦断する。僕は軍手を脱ぎ捨て、リュックサックを摑《つか》んで彼女についていった。まだごちゃついている部屋の向こう側の襖《ふすま》を開け、千夜子さんはその先を手で示す。客間のすぐ隣が台所になっているようだ。僕は千夜子さんに続いて、中に足を踏み入れた。

廃墟の台所など使えないかとも思ったが、案外すっきりと清潔に片付いていた。引っ越してきたばかりの頃は自炊を試みたのか、一度きれいに掃除された跡がある。しかしその後は自炊をせず、インスタント食品を調理するときくらいしか用がなかったようで、結果、やけにきれいな状態が保たれている。

単身サイズの冷蔵庫と電子レンジが目につくくらいで、調理器具はもちろん、皿などの食器も少ない。中途半端にまな板と包丁が調理台に置いてあるが、新品のまま使っていないのかと思えるくらいきれいだった。ガスコンロの上に置かれたフライパンも同様である。買ったはいいが、自炊する習慣が身につかなかったのだろう。

廃墟同然だが、水道や電気、ガスも通っているみたいだ。冷蔵庫を開けてみると、中にはパックのご飯が入っていた。あとはお菓子ばかりで、千夜子さんの食生活の偏りが目に見える。

僕は無駄に広い台所を見渡して、千夜子さんに目線を投げた。

「お借りしてもいいですか」

「もちろん！　期待して待ってるわ」

千夜子さんは手伝おうという意思すら見せず、縁側へと戻っていった。

僕はそんな彼女を見送って、さて、と埃《ほこり》を被《かぶ》ったフライパンを洗った。ひととおりの調理器具をきれいにしたら、買ってあった食材をリュックサックから取り出す。材料を切り、フライパンの上にバターをひと欠け置いて、熱した。

なんで僕は初対面の、しかも人間として危ない人のために手料理を作っているのだろう……。我に返るとわけがわからなくなるので、もう考えないことにした。

「お待たせしました」

十分後、僕は皿を持って汚い客間を抜けた。縁側にいた千夜子さんが振り向く。僕はできあがった料理を彼女の前に差し出した。

「即席オムライスです。あるもので作ったので、おいしくないかもしれません」

鶏肉と玉葱を炒めて、味を調えて、パックのご飯とケチャップで和《あ》えて、上から薄く焼いたたまごを乗せただけである。簡単な料理だが、千夜子さんはパッと目を輝かせた。

「やるじゃない！　こんなの作れちゃうのね」

無邪気な子供のようなあどけない顔をして、彼女は僕からオムライスを受け取った。

その皿を膝に乗せて、丁寧に両手を合わせる。

「いただきます」

僕は千夜子さんの隣に腰を下ろした。彼女の仕草を見て思う。性格は歪んでいても、育ちはいいのだろう。スプーンを口に運び、千夜子さんはいっそう瞳をきらきらさせた。

「おいしい！　すごいわ慧くん、お料理が得意なのね」

「それほどでもないですよ。ひとり暮らしをする予定なので、簡単な料理を勉強中なんです」

十野や千夜子さんみたいな自堕落な生活にならないように、少しずつ料理のレパートリーを増やしている最中なのだ。千夜子さんは余程感激したのか、ぱくぱくスプーンを動かしている。

「そうだったのね。簡単かもしれないけど十分おいしいわ」

僕は内心、安堵のため息をついていた。千夜子さんのご機嫌を取ることに成功したのだ。これで十野の無礼も許してもらえればいいのだが。

「僕、客間の掃除続けますね。埃が飛ばないように障子戸閉めてやりますから、千夜子さんはゆっくり召し上がっていてください」

千夜子さんに好印象を与えるつもりで、なるべく爽やかに笑って僕は障子戸を閉めた。縁側と客間が区切られる。僕はごちゃっとした汚い部屋で、ふっと笑顔を消した。

『あなた〝いい人〟でいたいんでしょ。人間関係の中で、無難でちょうどいいポジションを維持するために、周囲にとって都合のいい人でいたいのよね？』

千夜子さんに、そう言われたことを思い出す。まさにこういう行動のことを言うのだろう。だからたぶん、千夜子さんはこの障子戸の向こうで不敵に笑っている。

僕は余計な考えを頭から振り払い、掃除を再開した。


おおかた床が見えるようになるまでに、三時間かかった。夢中になっていて気がつかなかったが、縁側に続く障子戸を開けてびっくりした。もう空が真っ暗になっている。

「うわ！　遅い時間まですみませんでした」

僕が慌てて謝ると、千夜子さんは首を横に振った。

「ううん。お願いしたのは私の方だもの。こちらこそ、長く拘束して申し訳なかったわ」

十野の手足を縛りつけた人と同一人物とは思えない、穏やかな笑顔だった。この人を見ていると、なにがなんだかわからなくなる。

千夜子さんは僕が片付けた客間を見るなり、大きな目をさらに大きくした。

「まあ！　こんなにきれいになったの？　すごいわ」

散乱していたゴミはすべて撤去し、床を埋め尽くしていた衣類はカゴにまとめた。中央にはなにも乗っていない座卓が陣取り、本の類は壁に寄せて整列させ、こまごました雑貨は見境なく押し入れに隠しておいた。

あまりの散らかりようにやっつけ仕事になってしまった部分もあるが、これだけ改善されれば上出来だろう。千夜子さんが満足そうに客間をうろうろする。

「ちょっと雑な感じもするけど……このくらいならオムライスに免じて許すわ」

オムライスが功を奏した。母に頼まれた食材を使ってしまったが、それ以上に作ってよかったという気持ちが強くなる。

「ゴミ袋三つ分もゴミが出ましたよ。これからはまめにゴミ出ししてくださいね」

僕はひとつ大きく息をついて、それからすっきりした部屋に向かって呟いた。

「散らかってたもの、大半がゴミでしたね。それさえ片付いちゃえば、案外物が少なくて……こんなに客間が広くなった」

その呟きを、千夜子さんが拾う。

「人間なんてそんなものよ。大半がいらないものでできてるの。人はそれらを捨てられずに、そのくせ住み心地のいい場所を望む」

なんだか含みのある言いかただ。僕は千夜子さんの涼やかな横顔にまばたきをした。

夜風が頬を撫《な》でる。汗でべたついた髪に、涼しく通り抜けた。

「それは、汚い部屋の話ですか？」

それとも、人の持つ記憶という名の過去のことですか。

僕が問いかける前に、千夜子さんはにっこり笑って両手を合わせた。

「さて！　約束どおり、慧くんの大事なお友達の記憶を返してあげないとね」

彼女は十野のいる部屋を開け、床に転がる十野を見おろした。生気のない目で横たわっていた十野は、千夜子さんの姿を見るなり目をカッと見開き、塞がれた口で必死に唸《うな》った。縛られた脚をもぞもぞ動かして身じろぎする。こんなに怯えている十野は見たことがない。ガタガタ震えている彼の前に、千夜子さんがしゃがんだ。動けないなりに暴れようとする十野の額に、千夜子さんの指が触れる。

「んっ……！」

十野のもがきが、一瞬止まった。千夜子さんが十野の口を塞いでいたテープを剝がすと、耳に慣れた十野の声が響いた。

「ぶはあっ！　なにすんだよこのババア！」

「十野！　どう？　自分が誰かわかる？」

真っ先に問うと、十野は僕を見上げ、睨むように目を細くした。

「あ？　なに言ってんだお前。わかるよ、俺は十野健人《けんと》だよ。それよりおい、この手足の縄を解いてくんない？」

十野の言葉で、胸がほっと熱くなる。十野の記憶が戻った。映像が頭の中に戻ってきたから、混乱が解けて自分の名前も思い出してくれたのだ。僕は体じゅうの空気が抜けるような大きなため息をついた。

「よかったあ……」

僕は膝から崩れ落ち、十野の前で丸くなった。いつもの十野だ。ほっとしたあまりに泣きそうになる。僕は十野の腕を拘束する縄を解こうと、結び目に手をつけた。

しかし、安心したのも束の間、十野が信じられないことを言った。

「ところで、お前は誰？」

「……え？」

耳に膜がかかったように、聞き取れなかった。十野がもう一度言う。

「お前誰なの？　悪い奴じゃなさそうだけど」

待って。なんで僕のことは思い出していないんだ？

いや、きっとまだ記憶がぐちゃぐちゃで、整理できていないだけだろう。徐々に思い出してくれる。そうに違いない。

だが、僕の頭上から降ってきた千夜子さんの声は非情だった。

「言い忘れてたけど、彼の記憶の中でも慧くんが映っていた映像だけは、戻してないわ」

僕はぶんと振り向いた。千夜子さんは僕の背後に立っていて、しゃがんでいる僕と寝そべる十野を見おろしていた。僕は頭をもたげて叫ぶ。

「記憶を戻すって約束したじゃないですか！」

「『全部戻す』とは約束してないわよ。あら、わからなかった？　記憶を全部使うほどの欲に人を付き合わせておいて、その払い戻しが部屋の掃除だけなんて安すぎるでしょ」

僕は開いた口が塞がらなかった。十野が訝しげに僕と千夜子さんを睨んでいる。

「なんの話だよ。あ、もしかしてお前もこの女の仲間なのか」

「え⁉　違うよ、僕は十野のためにここまで……」

十野を振り向いて説明しようとするも、僕の顔を覚えていない彼は不信感丸出しの顔で首を振った。

「ヤッベエ！　ここヤッベエよ！」

十野は体に絡んでいた縄を放り投げ、部屋の中に投げ置かれていた鞄や靴を摑《つか》むと、縁側から飛びおりた。暗くなった庭を駆け抜け、逃げ出していく。

「そんな！　待ってよ！」

僕は十野を追おうとして、その前にキッと千夜子さんを睨んだ。

「なんで、なんで十野の記憶から僕を消したんですか！」

威嚇した僕の言葉を受け、千夜子さんは涼やかに言った。

「取引がしたいの。慧くんの承認欲求はせせこましくて気分が悪いけど、嫌いじゃないわ。気に入っちゃった」

笑顔がやけに、禍々《まがまが》しい。

「でも、十野くんの記憶という担保がないと、あなたは私のもとから逃げてしまう」

彼女はくるっと僕に背を向け、縁側へと出た。

「慧くん、バイトを探してるって言ってたわよね？　ちょうどいいじゃない」

嫌な予感がする。僕の額からは、冷たい汗が流れた。

「どういうことですか……？」

「察しが悪いわね。私、今、手が足りなくて困っているの。かわいいかわいい、なんでも言うことを聞く奴隷《どれい》……じゃなくて、助手が欲しいと思ってたの」

背筋が凍る。助手、いや、今この人、奴隷って言ったぞ。冷や汗が背中を伝う。混乱していた頭がもっと混乱した。声を出せない僕を覗き込み、千夜子さんは出会ったときと同じ和やかな笑顔で言った。

「今日からあなたは私の助手よ。よろしくね」

その瞬間、僕は自分がこの人に呈した望みを思い出した。

『少しでいいから早めに、かついい給料のバイトが見つかる未来にしてください』

ラーメンの記憶と引き換えに、僕が得た未来。

「え、ちょっと待ってください」

僕が頭の整理をしようとしているうちに、千夜子さんは勝手に決めた。

「慧くんの作るオムライス、とってもおいしかったもの！　これからも作ってね」

僕はたぶん、このときの千夜子さんの悪魔のような笑みを一生忘れないだろう。

夏の夜空に星がべったり張りついた、涼しい夜のことだった。

「純愛」

「先輩！　お先に失礼します！」

　小さな地元企業の会社員である私に、今年に入って後輩ができた。人懐っこくてかわいい、子犬のような女の子である。私より先に今日の分の仕事を終えた彼女は、にっこりと明るく笑ってお辞儀をした。

　そんな私たちの方に向かって、手を振る青年がひとり。

「よ、お疲れ！」

　営業課に勤める、私の恋人だ。遅くまで残業する私に、爽やかな笑顔を投げかけてくれる。そろそろプロポーズがあってもいい頃だと思うのだけれど……まだ、今は待機中だ。

そんな意気地なしなところも含めて、彼のすべてが愛おしい。笑うと目がきゅっとなるのが好きだし、私が隣にぴったりくっつくと困った顔をするのも好き。誰にでも優しいところはちょっと嫉妬しちゃうけれど、そんなところも好き。

かわいい後輩に、愛する恋人。私の人生は他人に自慢したくなるくらい順調だった。

そう思っていた。

知ってしまったのだ。彼は来月、私以外の人と結婚する。なぜ？　彼は私だけのものだったじゃない。いつから私を騙《だま》していたの？

私は、ここ数日泣きはらした顔でＳＮＳに書き込んだ。

『明日、会いに行ってみる』『運命屋』でタグ付けをして。

2章　目の前が霞むほど

僕には四つ年下の弟がいる。名前は和希《かずき》、高校三年生だ。

「兄ちゃんさ、昨日なんで帰り遅かったの？」

リビングのソファに仰向けに寝転がって、携帯ゲーム機で遊んでいる。肘掛けを枕にして、反対側の肘掛けに膝を引っかけ、脚を投げ出していた。

「しかも買い物もちゃんとしてこなかった。そんなに頭悪かったっけ」

「それは、本当に申し訳なかったと思ってる」

僕はソファの横でクッションを座布団にし、スマホで調べものをしていた。

昨日の夜、千夜子さんに解放された僕は逃げ出すように家に帰った。家に着いた頃は二十二時を回っていたと思う。帰ってくるなり気絶したように眠ってしまい、気がついたら朝になっていた。

「べつに俺は、兄ちゃんが遅くてもどうでもいいんだけどさ。母さん心配してたよ。お使いを頼んだはずの息子の帰りが遅いーって。連絡入れても返事も来ないし」

和希が淡々とした口調で僕を戒めた。

　さっき、僕は十野に電話をした。一ノ瀬慧という名前を告げると、彼は「そんな奴もいたな」と半端に思い出した。他のことも、いろいろ質問して確認しておいた。十野は僕のことは忘れていたが、他の記憶はたしかにもとに戻っていた。

　僕がどんな思いをしたか知らずに、それどころか僕のことだけをきれいに忘れて、彼は平穏な夏休みに戻ったのである。しかし、僕は違う。今日もお昼前までに千夜子さんの住む古民家に来るように言われている。僕だけはまだ解放されていないのだ。

　僕はスマホの画面から、ちらっと和希に視線を動かした。

「和希って、都市伝説とか信じる方？」

「そういうバカなこと言う奴を全面的に信用しない方」

　和希はなんというか、基本的に斜に構えている。僕が嫌われているのではなく、これがこいつなりの距離の取りかたなのだ。僕も和希に対しては取り繕う必要がなくて楽なのだが、こうもはっきりと否定されると話の続けようがない。

　僕のスマホの画面には、『運命屋』の検索結果が表示されていた。昨日十野から見せてもらったのと同じで、掲示板や質問サイト、ＳＮＳの投稿くらいしか資料がなかった。千夜子さんは何者なのか。あの能力の正体はなんなのか。僕はそれを知っておく必要がある。

ネット掲示板では、まず運命屋の噂についての書き込みが投稿されていた。「過去の記憶をエネルギーに変え、未来の運命を引き寄せる」と、千夜子さん本人も言っていた内容がほとんどだ。あとは、運命屋は実在すると考える人と彼らを冷ややかな目で見る人で対立が起こっていた。実在する派の意見の中には、実際に願いを叶えてもらったという書き込みもある。だがデマも入り交じっているのか、運命屋は男であるという書き込みもあれば、いるとされる場所もまちまちだった。

質問サイトでは「運命屋は本当にいるのですか」という直球な質問が書き込まれており、それに対してまた、『いる派』と『いない派』が回答欄で揉めていた。

SNSの投稿にも目を通してみる。やはり目新しい情報はなく、昨日千夜子さんに直接記憶を抜かれた僕の方がわかっているような話ばかりである。調べても無駄かもしれないと思いはじめて、スマホの検索画面を閉じようとしたときだった。

『明日、会いに行ってみる』『運命屋』のタグが付いた短い書き込みが、僕の目に留まった。

昼前に、僕は買い物をすませてから千夜子さんの屋敷に向かった。一晩経ったら昨日のことは全部夢だった気がしてきたし、そう思いたい。しかし、バックレるのがいちばん彼女を怒らせる気がするので、僕は素直にあの人のもとへと足を運んでいた。

日が高い時間に外に出ると、当たり前だがめちゃくちゃに暑い。湿度の高い空気がアスファルトを蒸していて、体がベタベタする。蟬が盛んに鳴いていて、ジージーという喧《やかま》しい声が体感の暑さを増幅させていた。

自宅の最寄り駅からの電車は、半端な時間だったお陰で空いていた。空調の効いた涼しい車内での時間は一瞬で、そこから三つ目の駅で冷房を惜しみながら下車する。そこからはまた照り返し地獄である。大学に向かうときと同じ道を通って、学校よりやや手前で見えてくる日本庭園の前で立ち止まる。昨日は夕方だったが、今は空が明るい。照りつける太陽の光が、木々の緑を煌めかせていた。

庭を覗き込むと、スッとするハーブの匂いが僕を出迎えた。縁側に腰かける白いブラウス姿の人物が見える。長い黒髪が夏の日差しに艶めいていた。緑豊かな庭に、ノスタルジックな廃墟。眩しいくらいの白いブラウス、風に吹かれる黒髪。呆然とするような美しさだ。

ついうっとりしてしまい、挨拶も忘れて立ち尽くした。ぼけっと立っている僕に、千夜子さんが気がつく。

「逃げずに来たのね」

この美しさに気を取られて忘れそうになるが、この人、千夜子さんは僕の二十一年の人生の中で出会った人物の中でもっともヤバイ人だ。

「十野の記憶を担保に脅されてますので……」

「あら。そんなふうに私のこと悪人みたいに言わないでよ。利害の一致と表現してくださる？　まあいいわ、入っていらっしゃいな」

こういう悪びれないところが余計に怖いのだ。僕は千夜子さんに招かれるまま、玄関を通らず庭に入った。庭にいた雀《すずめ》が僕の足音に飛び去っていく。緑が多いせいか、庭の中は街中よりちょっとだけ涼しく感じた。

「昨日はありがとうね。客間がきれいになってとても気持ちがいいわ」

千夜子さんが微笑む。僕はいいえ、と妙に低い声で返した。こちらとしては友人の記憶からきれいに消されてしまってとても気分が悪い。とは、言わないでおいた。

「慧くんがお昼ご飯作ってくれるのを期待して、朝からなにも食べてないのよ」

千夜子さんが空腹アピールを始めたので、僕は靴を脱いで縁側からあがった。

「わかりました。それじゃさっそく作りますよ」

得体の知れない不気味な人のために、わざわざ訪ねてきて手料理を振る舞う。妙な関係が構築されたものだ。

昨日きれいに片付けた客間を通過して、隣接する台所に立った。千夜子さんはご機嫌で縁側から部屋の中に入り、客間の座卓につく。座布団の上で脚を崩して座り、そこから僕を眺めている。

「慧くんが来るの、楽しみにしてたのよ。見て、慧くん用の座布団を買ったの」

千夜子さんの声に振り向く。座卓の横に新しい座布団が増えている。

「あれから慧くん、急いで帰っちゃうんだもの。もっとお話ししたかったのに」

僕は千夜子さんに背を向けて、鍋に水を汲んで火にかけた。

「そうですね。僕も今日は逃げないので、もう少し詳しい話を聞かせていただきたいです。千夜子さんの助手って、主になにをしたらいいんですか？」

途中で買ってきたベーコンをまな板に乗せる。千夜子さんは座卓に頬杖をついた。

「慧くんには私の身の周りの、私の手が行き届かないことをお仕事にしてほしい」

彼女は人さし指から順に指を立てた。

「まず、私においしいご飯を作ること。それからお部屋のお掃除。ここ廃墟だったから、使ってない部屋も多いんだけど、せっかくだからきれいにしてほしいわ。あと、お茶出しとかもお願いしたいわね。いずれも本格的なレベルは求めないわ。雑用係だと思って気楽にしてくれればいいわ」

助手というより、家政夫……いや、小間使いだ。千夜子さんが続ける。

「それと、私常識からずれてるって言われることが時々あって、知らず知らずのうちに人様に無礼を働いてしまうことがあるみたいなの。だからお客様を怒らせてしまう前に、慧くんには気の利いた言葉でフォローしてほしいかな」

ずいぶんとオブラートに包んだ言いかたをする千夜子さんに、僕はベーコンを切りながら顔を顰《しか》めた。そんな僕の表情に感づいているのかいないのか、千夜子さんは説明を続ける。

「給料は出来高制。評価はこまめにされた方がやる気が出るでしょうから、週一回のお支払いでどうかしら」

「一週間ごとに、僕の働きぶりを評価してくれるんですね」

「そうよ。たとえばそうね、三時間ちょっとで客間をこれだけきれいにしてオムライスを作ってくれた昨日の慧くんは……五千円くらいかな！」

「五千円⁉　三時間で？」

僕は思わず千夜子さんを振り向いた。彼女は撤回することなく微笑んでいる。三時間で五千円というと、時給に換算すれば一時間当たり一六〇〇円ちょっとになる。働きぶり次第だというから暇なときはそんなに入らないかもしれないが、この家は掃除のしがいがありそうだし仕事はいくらでも見つかる。千夜子さんはどうやらお金持ちらしいとは思っていたが、その上気前がいいようだ。

「食材の材料費をはじめ、使った経費はその都度支払うわ。来る時間もそっちで調節していいし、都合が悪い日は無理に来なくてもいい。どうかしら、あなたはひとり暮らしに役立つスキルを磨くことができて、割のいいバイト代がもらえるの」

「罠《わな》なんじゃないかってくらい条件がいいですね」

とっさに警戒した僕に、千夜子さんは高らかに笑った。

「言ったでしょ？　私たちは利害が一致してるのよ。こちらもちょうどいい人材である慧くんを手放したくないの」

それから彼女は思い出したように加えた。

「ついでにお友達の記憶も戻してもらえるということも、つけ足しておくわ」

「ついでじゃなくて、それがメインですよ」

千夜子さんへの恐怖は拭えないが、僕は悪くないなと思いはじめていた。給料よし、仕事の内容は雑用係、時間の縛りもない。まんざらでもない。

沸騰したお湯の上でパスタの束を軽く捻って、離す。

「『運命屋』のお仕事自体に直接関する仕事は、僕にはないんですね」

念のため聞いてみると、千夜子さんは答えた。

「そうね、バイトだからといって体得できるものじゃないから、これればかりは一連の流れすべて私が請け負うことになるわ」

「ですよね。その能力って、生まれつきのものなんですか？」

「私の血筋に代々伝わる遺伝的なものよ。同じ血が流れていても能力の強さにはばらつきがあってね。私は結構強い方なんだけど、妹はからっきしだったわ」

千夜子さんは隠そうとするでもなくあっさりと話した。

「私の家系は平安時代からこのヘンテコな力でこの仕事を生業《なりわい》にしているの。お察しのとおり、この能力ってとても便利でしょ？　だから昔から内密にされていて、その時々の権力者だけが、過去を忘れて自分の未来の栄華に変えてきたの」

千夜子さんは包み隠さず堂々と喋った。こうもはっきり話されると、ネットを使ってコソコソ調べようとしていた自分がバカらしくなる。

「でも私はその本家からこうして出てきてひとりで暮らしてる。能力を使わない職場で平凡な暮らしをするというのも考えたんだけど、私、他人にこき使われるの嫌いなのよね。だからやっぱり能力をフルに使って、たくさんの人の運命を輝かせることにしたの」

千夜子さんが語る声を背中で受け取めつつ、僕はトマトの缶詰でパスタソースを作っていた。

「たくさんの人の……って、なんかすばらしいことをしてるみたいに言ってますけど、先祖代々内密にされてきた能力なんですよね？　そんな秘密の力を、一般人に向けて使い放題してるんですか？」

「そうよ。本当はこの能力を利用できるほどの地位の人間なんて国内に十人いないくらいだし、その人たちだって一年に一度使うか使わないか。報酬だって莫大《ばくだい》よ。でも私は老若男女誰でもオーケー、料金は格安。お陰でお父様からお叱りを受けて、本家から追い出されてしまったわ」

千夜子さんはおもしろい話のように笑いながら話した。僕はソースを混ぜる手を止めて、千夜子さんを振り向いた。

「笑い事じゃないですよね？　都市伝説として話題になってますよ」

「でもこんな便利な力だもの。一部の権力者に使ってるだけじゃもったいないわ」

「そうかもしれないですけど、隠さないといけないくらい危険な能力でもあるということじゃないですか。運命が変わるなんて曖昧なことのために記憶が消されるって、相当怖いですよ」

十野の精神が一度崩壊したのを、僕は目の当たりにしている。千夜子さんは目をぱちぱちさせていた。

「そうかしら。むしろ安いと思わない？　記憶という遅かれ早かれ消えるものを代償に、輝かしい未来を手に入れるチャンスが巡ってくるのよ」

「悪用されたらどうするんですか」

「だからおもしろいんじゃない。『願いを叶えてもらえる』と聞いた浅はかな人たちが、遊びに来てくれるのよ」

にこにこしている千夜子さんを見ていると、絶望的な気持ちになってくる。考えかたが根本的に違う。こんな人のところで働くのかと思うと虚《むな》しくなってくるが、バイトの条件や十野の件など餌をばら撒《ま》かれているので下手に反発できない。こんな自分が情けなかった。茹《ゆ》で上がったパスタをザルに上げて、お湯を切る。皿に盛りつけて、トマトとベーコンのソースをかける。

「できました。トマトのパスタです。ひとりで暮らす用の料理ですから、他人に振る舞うことを前提としてないんですけど……」

パスタを持ち運び、千夜子さんが待つ座卓に置いた。

「おいしそうね！」

楽しそうにしていた千夜子さんがもっと笑顔になる。この人は性格に問題があるが、こういうところは妙に単純だ。彼女はきれいな所作でいただきますと言って、フォークにくるくるとパスタを巻きつけた。

「こういうの、どこで覚えてるの？」

僕は千夜子さんが新しく用意してくれた緑色の座布団に腰をおろし、彼女と向かいあって座卓を囲んだ。

「節約系のレシピ本とか、ウェブサイトです。あと、料理番組を観ておいしそうだったものは覚えるようにしたりとか。千夜子さんは、そういうのは興味ないんですか？」

客間にはパソコンもテレビもない。千夜子さんがスマホを持っている様子も見ていない。不便そうな環境を見渡して聞くと、千夜子さんはフォークを見つめて答えた。

「私、どうも電化製品の画面が苦手なのよ。記憶の映像が不気味なくらい鮮明になったもののように見えて、長く見ていられないの。でも本だったら私でも見られるかしら」

その感覚は僕には理解しがたいが、どうやら例の能力のせいで彼女はデジタルな映像を受けつけない体質らしい。僕はふうんと鼻を鳴らし、作った料理に目線を戻した。

千夜子さんからは気に入られたが、べつに僕は料理が得意なわけではない。とくに凝ったことをしているわけではないし、自分で作って食べた料理がそんなにおいしいと感じたこともないのだ。

「このくらいだったら千夜子さんでもできると思いますよ」

言ってから、僕はそうだ、と手を叩《たた》いた。

「千夜子さん自身の記憶を消費して、家事がすごく得意になる運命を引き寄せたらどうですか？　そしたら毎日きれいな部屋で楽しくご飯を作れます」

僕がバイトに来る意味がなくなる提案だったが、そんなに長くここにいるつもりもない。妙案だと思ったのだが、千夜子さんはパスタを食べながらうーんと唸った。

「それがね、この能力、自分自身には使えないのよ。同じ血が流れてる親族にも無効なのよね。記憶と運命の操作はもちろん、過去を視認することもできない」

そうか、自分に使えていたらこんな生活にはならない。

「だからよろしく頼むわね、慧くん」

千夜子さんが花のような笑顔でまとめる。

「わかりました。もう少し料理の勉強を頑張ります」

言いくるめられた感じは否めないが、僕自身も納得しはじめていた。十野の記憶の件で脅されていることを除いても、千夜子さんが提案した条件は意外とよかった。千夜子さん自身のことも、最初は怖くてたまらなかったが、こうして話してみると落ち着いていて喋りやすい。言っている内容はともかくとして、いつでもにこにこしているせいか、あまり嫌な感じはしないのだ。

開け放たれた障子戸から、外の風が吹き込んでくる。ほんのりハーブの爽やかな匂いが運ばれてくる。夏の庭の景色が眩しくて、僕はゆっくりとまばたきをした。


台所で千夜子さんの食後のお茶を淹れていると、庭の方から声がした。

「すみませーん」

「千夜子さん、お客さんですよ」

僕は流しから客間を振り向いたが、いつの間にか千夜子さんはいなくなっている。

「あれ？　どこ行っちゃったんだ」

きょとんとしていると、また声が飛んできた。

「ごめんください」

「あ、はーい！」

僕は縁側まで出て、緑の庭を覗き込んだ。玄関の前に、女の人がひとり立っているのが見える。白いカットソーに紺色のカーディガンを羽織った、ショートカットの女性だ。年齢は二十代中頃だろうか。僕より年上で、千夜子さんより年下といった感じだ。僕が縁側から顔を出したのに気づき、女性が顔をあげる。前髪で陰った顔は、ぞくっとするような無表情である。

「あなたが運命屋ですか？」

どうやら千夜子さんの、運命を引き寄せる力を頼りにきた人のようだ。本当にいるのか、とびっくりする。

「ネットで情報をお見かけして、他県から来ました。私の運命を変えてください」

女性の仄暗《ほのぐら》い声を聞いて、思い出した。ＳＮＳに「運命屋に会いに行く」というような書き込みがあった。もしかして、あのアカウントはこの人のものだったのだろうか。

「ええと、僕は助手です。本人はどっか行っちゃって。ちょっと待っててくださいね、捜してきます」

僕は来客女性を庭の方に呼び、縁側に座ってもらった。自分は客間に行き大声を出す。

「千夜子さーん！　お客さんですよ！」

千夜子さんの返事はない。僕は昨日十野が閉じ込められていた隣の部屋を開けた。

昨日は暗くてよく見えなかったが、この部屋は気持ち悪いほど本だらけである。散らかっていることには昨日までの客間と違いなく、壁を埋め尽くす本棚、そこから溢れて床に落ちた本が部屋を狭くしていた。全然掃除をしていないようで、埃っぽい。

僕は床に広がる本を避けて歩いて、その向こうの襖を開けた。

襖の向こうは、やけに薄暗い廊下に続いていた。古い廃屋ゆえに、天井や床に穴が開いているところがある。僕の足音と、外の蟬の声しか聞こえない。人の家を散策するのは気が引けるが、主から掃除を命じられるくらいなのだからきっと許されるはずだ。

「千夜子さーん」

名前を呼びながら、別の部屋の襖を開けた。古びた家具が置かれた部屋が、目に飛び込む。そこにも千夜子さんはいなかった。

それにしても、ずいぶんと広い家だ。外から見ても敷地が大きいことは見て取れたけれど、中を歩いてみると改めてそう感じる。客間と十野が閉じ込められていた部屋のほかにも三つほど部屋があり、かつての住人が使っていたままになっているようだった。閉鎖的な異次元空間に迷い込んだような錯覚に陥る。見慣れた街と大学はすぐそこなのに、ここだけが別の世界かのようだ。この異様な静けさの中で、あの人はひとりで暮らしているのか。この浮世離れした空間は、恐ろしくも幻想的にも感じた。

捜しまわって客間に戻ってくると、千夜子さんが誰かと話している声が聞こえた。

「あら、遠路はるばる！　わざわざ有休を使ったの？　おもしろいわねあなた」

僕が庭の方を見たのと同時に、千夜子さんもこちらに顔を向けた。

「慧くん、お茶をもうひとつ用意してくださるかしら！」

千夜子さんは来客の女性と一緒に、縁側に座っているではないか。僕は思わずため息をついた。

「どこにいたんですか！」

「散歩に行ってたのよ。食後に軽い運動をと思って」

「自由すぎますよ。というか、他人の僕を家に残してよく出かけられますね」

信用されているというよりは、悪いことができない肝《きも》の小さい男だと思われているのだろう。千夜子さんがなにも言わずに出かけたことは気に食わないが、それはあとで注意するとして、僕は台所に行くと千夜子さんに言われたとおりにお茶をひとつ増やした。氷を浮かべた麦茶を三つ、お盆に載せる。

僕は縁側に座るふたりの背後に膝をつき、それぞれの横に麦茶を差し出した。女性がボソボソと話しているのが耳に入ってくる。

「運命屋の噂を聞いて、訪ねてきました。こんな噂を信じるのなんてバカしかいないと思ってたけど……今の私にはもう、これくらいしか縋《すが》るものがないんです」

女性はどこか虚《うつ》ろな目をして、思い悩んだ様子で話している。千夜子さんが聞く。

「どんな未来をお望みかしら？」

女性の返答は、小さな声で、それでいてはっきりと僕の耳にも届いた。

「復讐したい人がいるんです……」

僕は一瞬硬直して、それからすっとお盆を下げた。聞かなかったことにして、いったんこの場から消えた方がよさそうだ。そう思ったのに、千夜子さんは僕の服を引っ張って、自分の隣に座りなさいと、目で合図してきた。この人に逆らえない僕は、おとなしく自分の麦茶を手に千夜子さんの横に座った。来客の女性と僕で、千夜子さんを挟む並びになる。千夜子さんが改めて切り出す。

「復讐、というのは、どうしてそんなことを考えたのかしら？」

「私には、お付き合いしている人がいます。同じ会社の先輩で、彼とはいつか必ず結婚するつもりでした」

ボソボソと暗いトーンで女性が打ち明ける。

「今年に入って、後輩もできました。人懐っこくてかわいい子です。素敵な恋人と後輩に恵まれて、私の人生は他人に自慢したくなるくらい順調だった、はずでした」

僕は無言で麦茶に口をつけた。話のオチは見えた。聞きたくない話だ。女性は表情の死んだ顔で、とどめのように言った。

「先日告げられました。そのふたり、結婚するそうです」

想像はできていた。それなのに、視界が突然暗転したような気分になる。

「いつから結ばれていたんでしょうか。いつから、私のことを嘲笑《あざわら》ってたんでしょうか？」

息が詰まりそうだ。結婚を視野に入れていた恋人と、慕ってくれていたはずの後輩に、この人は同時に裏切られたのだ。

「あら、それはつらかったわね。かわいそうに」

千夜子さんがそっと、女性の手の甲に自身の手のひらを重ねる。女性は驚くでもなく、無感情な顔をして遠くを見ていた。

僕は麦茶の氷に視線を落とした。信頼していた人たちが、実は自分のことをのけ者にして嘲笑っていたと知ったら、いったいどんな気持ちになるのだろう。この人が騙されて幸せそうに笑っているのをおもしろがっていた人たちは、その行為で爽快感を得ていたのだろうか。僕は麦茶を喉に流し込んで、この胸の気持ち悪さを抑えつけた。

そして、隣から聞こえた澄んだ声に、鳥肌が立った。

「素敵ね。その男と後輩に復讐したいのよね。どんなふうに傷つけたい？」

千夜子さんは、花でも愛《め》でるようなきれいな笑顔をしていた。こんなに穏やかな表情で、なにを言っているのだろう。カーディガンの女性はどろりと死んだ魚の目をあげた。

「私ではなくて、他人の運命を変えることはできますか？」

「あなたがなにもせず、結ばれたふたりが勝手に不幸になるようにするってこと？　残念ながら、あなたの記憶を対価にする場合はあなたの運命しか引き寄せられない。あなたがどう動くかがポイントになる、そういう未来の動かしかたしかできないのよ」

ビジネスの話をするような、淡々とした口調で千夜子さんが説明する。そっか、とカーディガンの女性はか細い声を出した。

「それを聞いて、決心ができました。他人の運命も操作できるとしたら、単純に不幸になれと思ったのだけれど……あのふたりに呪いをかけられないのなら、私が直接追い込むしかありませんよね」

夏の風が庭を吹き抜けた。ハーブの草っぽい匂いが鼻に抜ける。香る風で、女性の髪が揺れた。髪の隙間から覗いた横顔に、僕はぞっとする。

「あの男を殺す。それが成功する未来をください」

彼女の唇には、心地よさそうな微笑が浮かんでいたのだ。凍りつく僕のことなどおかまいなしに、千夜子さんが和やかに返した。

「いいわよ。殺すのは男の方でいいのね」

「はい。私の手で殺したら、永遠に私のものになりますから」

「素敵な恋愛観ね」

ふたりのやりとりが、僕の頭の中で奇妙な質量を持って膨らんでいく。それが不安や焦燥のようななにかに変わって、もこもこと増幅して僕の胸の奥の方まで取り込んでいく感じがした。今すぐにでも逃げ出したい。でも、体が動かない。

「でもあなたって、人を殺したことはないでしょ？　無事に成功する運命を呼び寄せるには、対価としてかなりの大事な記憶が必要になるわ」

千夜子さんが言うと、女性はふふっと笑った。

「いいんです。私にはあの人しかいなかった。それを奪われた以上、もうなにを失っても怖くない。どの記憶でも、抜き取ってくださってかまいません」

僕の体はいよいよ震えはじめた。復讐心というものは、こうも人をおかしくしてしまうものなのか。失うものがなくなった人というものは、こんなにも破壊願望を剝き出しにするのか。千夜子さんは、やけに嬉しそうだった。

「そう。なら、その素敵な未来にいちばん適した記憶を使ってあげるわ」

ややあって、千夜子さんは女性の手の甲に重ねていた手のひらを離した。カーディガンの女性は無言のままである。僕は手に持っていた麦茶のグラスを体の横に置いた。身を屈めて千夜子さん越しに女性を覗き込む。女性は目を見開いて、口もぽっかり開けていた。魂を抜かれたような顔で、まばたきひとつしない。

「あなたが愛した人の顔の記憶を消させてもらったわ。好きだった人の顔が思い出せなくなって、妄想ができなくなった気分って、どんな気持ちかしら？」

僕は、え、と千夜子さんに目線をずらした。

「妄想……？」

「騙された気分だわ。素敵な恋人と後輩に囲まれた幸せな日々だって聞いてたから、さぞかしきれいな記憶を見られると思ったのに。あなたの中には初めから、恋人という記憶もなければ後輩に慕われている記憶もないんだもの。幸せそうなものもあるにはあるけど、どれもとても歪んでいて捏造《ねつぞう》だってわかってしまうし」

千夜子さんがつまらなそうにため息をついた。

「それどころか、幸せそうに笑う男性と若い女の子を盗み見るような、惨めになるような映像ばかりが流れてくる。結婚を前提に付き合ってるですって？　見向きもされてないじゃない。残念だわ、私はもっときらきらした記憶を見られると思っていたのに」

僕はまた、放心状態の女性に目をやった。

あのときだ。この女性が、自身がどんな境遇にあるか話しおえたとき。千夜子さんは彼女に同情するように、その手に触れた。あの時点で、千夜子さんは彼女の記憶の中を見ていたのだろう。そして、女性が口に出しているような記憶が実在しないことに気がついていた。

「あなたが私の同情を引こうとして嘘をついたのか、それとも、目の前が霞むほどの恋心でそんな思い込みをして言ったのか。それはまったく興味がないわ。どっちにしろ、あなたの行動は復讐でもなんでもなくて、ただの逆恨みだもの」

千夜子さんの長い睫毛が下を向く。呆然自失だった女性が、掠《かす》れた声を出した。

「違う……彼は私を愛してくれた」

「ふうん。どんなふうに？」

千夜子さんが微笑む。女性は声を詰まらせた。

「か、顔が……思い出せない……」

「思い出せなくても、愛されていたのなら感じた幸福感が残っているでしょう？」

「あっ……えっと」

女性の目が泳ぐ。体がわなわな震えて、女性の目に涙が溜まっていく。千夜子さんは、そんな彼女をおもしろそうに見ていた。

「私が見た限りだと、いちばん接触してた記憶は仕事の書類を受け渡ししてたときだったけど？　彼、誰にでも優しいみたいで、あなたにも平等に微笑んでくれていたわね」

「あああああ！」

いきなり、女性が絶叫した。僕はびくっと縮こまり、手を弾いた勢いで置いていた麦茶のグラスを倒した。カシャンッと音が響き、麦茶が飛び散る。縁側の淵に水滴が垂れて、砂利の上にぽたぽた滴り落ちた。女性は立ち上がって叫んだ。

「好きだった！　顔がわからなくても、気持ちはたしかにあるの！」

「そうでしょうね。幸せだった妄想は彼の顔の記憶と共に全部消えたかもしれないけど、感情は私には消せないもの」

千夜子さんが弄《もてあそ》ぶように笑う。僕は床板に手をついた。零した麦茶の上に手のひらをつけてしまい、ピシャッと濡れる。

千夜子さんは、記憶の中の映像だけを操作する。そこに付随していた感情は置き去りにして、目に映っていたビジョンだけを拭い取っていく。この女性は、病的な恋心を残して、相手の顔だけを忘れ去ってしまったのだ。そしてこの女性が思い描いていた空想上の幸せも、男の顔と同時に想像できなくなった。彼女が唯一しがみつくことができた仮初めの幸せは、消え去ってしまったのだ。

僕はこの来客の女性に戦慄した。執着とも言えるほどの想いを一方的に寄せ、両想いの妄想をこじらせ、現実の彼と後輩に復讐を企てる。それも、殺人の計画だ。

「許せない！　私の方が愛してたのに！　彼も私のことが好きだった！」

女性がぐしゃぐしゃに歪んだ真っ赤な顔で怒鳴る。握りしめた拳に爪が突き刺さって、血が滲んでいるのが見えた。

「また妄想の話？　捏造された雑な造りの記憶には興味がないわ。でも妄想でよかったじゃない。また一から妄想しなさいな」

千夜子さんの皮肉を最後まで聞いていたかどうかはわからない。女性は駆け出して、庭の外へと飛び出していった。

「あら……また怒らせてしまったわ。私ちょっと常識からずれてるって言われることが時々あって、知らず知らずのうちに人様に無礼を働いてしまうことがあるみたいなの」

先程も言っていた、わざとらしい言い訳が繰り出された。僕は零れた麦茶に視線を落として震えていた。なにが知らず知らずだ。絶対にわざとだ。あんな女性を滑稽なもののように翻弄する千夜子さんもまた、引けを取らないくらい恐ろしい人である。

「慧くん大丈夫？　顔色悪いわよ。熱でもあるんじゃない？」

千夜子さんが僕の額に手を伸ばす。ひやっと冷たい指の腹が触れて、僕は仰《の》け反った。

「ご、ごめ、んなさい」

なぜだかわからないが、反射的に謝った。そんなびくついた僕を見て千夜子さんは心配そうに優しい声を出した。

「謝るのは私の方ね。刺激の強いものを見せてごめんなさい。ちゃんと説明してなかったわよね」

その穏やかな声に、僕はおそるおそる目をあげた。千夜子さんが髪を耳にかける。

「忘れたい過去、手に入れたい未来、それは誰にだってあるものだと思うの。前向きなら前向きなほど。それ自体は、なにも悪いことじゃない」

「はい……」

「私の持つ力は、その両方を同時に叶える。そう言うと聞こえはいいけど、〝記憶を代償に運命を変える〟ということは、〝欲望のために、過去に自分が築いてきたものを捨てる〟ことなの。運命を引き寄せて願いを叶えると聞くと、前向きなことのようにとらえる人もいるけれど、実はとても大きなものを失うことでもある」

蝉の声が昼下がりの庭に満ちる。千夜子さんの声は、蝉の声の中で凜として響いた。

「ここに来る人たちは、おもしろ半分の暇人か、他に縋るものがないほど追い込まれた人たちばかりなの。だから私の助手をしていると、ああいう嫌なものを目の当たりにすることになる。私は慣れてしまったけれど、優しいあなたにとっては醜すぎるわよね」

日差しがきらきら、倒れたグラスに星を落とす。

「慧くん、お金が貯まってバイトが終わったら、ここでの記憶は全部消してあげる」

「え……」

僕の声はか細く消えかけていた。

「〝忘れる〟ということは恐ろしいことだけじゃないの。むしろ忘れることで、人は悲しみや恐怖から立ち直れる」

千夜子さんはどこか儚《はかな》げに目を細めた。

「バイトの記憶といっても、私に消すことができるのは映像だけ。だから、感情は残ってしまうかもしれない。けれど、目で見たものを忘れることができたら、記憶の奥にしまい込むことはできると思うわ。だから消しましょう。私のことも、全部」

僕の額に触れた千夜子さんには、僕の頭の中が見えたのかもしれない。鮮明に焼きついた、絶叫する女の顔。無表情だった顔が極端なまでに感情を剝き出しになり、拳から血を流していた。忘れてしまいたい。こんなに強く思ったのは、いつぶりだろう。

「今日はもう帰りなさい。ゆっくり休んで、また明日元気に訪ねてきて」

千夜子さんのしとやかな声に、僕は黙って頷くことしかできなかった。

その日は千夜子さんの言葉に甘えてすぐに帰った。昼食作りとお茶出しくらいしかしていないのに、すごい疲労感だ。負の感情の大波に殴られたといった感覚だろうか。なにも考えたくなくなるような怠《だる》さが全身にのしかかってきていた。

帰宅すると、家のリビングでは和希がゲームをしていた。朝も見たソファに仰向けの姿勢で、相変わらずこのソファをひとり占めしている。

「お帰り」

「ただいま」

形式的にかけられた挨拶に、僕も乾いた声で返した。見慣れた光景が、僕の安堵を誘う。あんな恐ろしいものを見たあとだ。日常そのものの和希の姿に、やけにほっとする。

和希はゲームから目を離さなかった。

「今日、父さんと母さん帰り遅いって。飯どうする？　どっか食べに行く？」

「あー、僕がなにか作ろうか？」

気を利かせたつもりだったが、和希はえー、と唸った。

「作んなくていいよ。兄ちゃんの作る飯、そんなにおいしくないし」

歯に衣着《きぬ》せぬ物言いがぐっさり僕を突き刺す。まあ、和希はこういう奴だとわかっているので気にしないが。それ以上に、僕は引っかかるものがあった。

「やっぱそう思うよな？」

僕は和希に同調した。和希がゲーム画面から目を離す。

「自分の料理だろ」

「そうだけどさ、べつにおいしくはないという自覚はあるんだよ」

それなのに千夜子さんはまるでご馳走《ちそう》にありついたように食べてくれる。それが僕には不思議でならなかった。

「金持ちでも貧乏舌ってこともあんのかな」

「なんの話だよ。どうでもいいけど、兄ちゃんバイト見つかったの？」

和希がゲームに目を戻し、興味がなさそうに聞いてきた。僕は和希の座るソファの下に腰をおろす。

「うん、見つかった」

「ふうん。なんのバイト？」

「うーんと……」

どこからどう説明したらいいのかわからない。千夜子さんの存在はあまりに浮世離れしているので、事実をありのままに話すと、おかしくなったと思われそうだ。無言で悶々と考えていると、和希が痺《しび》れを切らした。

「兄ちゃんって、なんでそうはっきりしないの？」

ちょっと苛立《いらだ》ったような口調が僕に向けられる。僕は早口で取り繕った。

「ごめんごめん。言えないような仕事じゃないんだけど、なんて言おうかなと思って」

「ガキの頃からそうだよね。人の顔色窺ってるっていうかさ。同調圧力に屈しまくってるんだよ」

和希がゲーム画面を睨む。誰もがお前のようになんでもはっきり言えるわけじゃない。と、僕は口の中で呟いた。それを声に出さなかった代わりに、苦笑を返しておく。

「そんなことないよ。小さい頃は、僕はいたずらする子を注意する正義感の強い子だって褒められてたんだ」

「じゃ、いつからそんなんなっちゃったの」

いつから、か。明確に覚えているのは、あの日だ。

和希が苛ついているのを横目に、僕は思い出話を切り出した。

「和希さあ、小さい頃、ビスケットパークに行ったの、覚えてる？」

「ビスケットパーク？　あのでっかい観覧車のある遊園地？」

和希がちらと目線を投げてきた。

ビスケットパークは、隣の市の遊園地だ。敷地の規模こそさほど大きいものではないが、小学生以下の子供なら一日楽しめる。遠くからでも見える、大きな観覧車が有名だ。

「小さい頃って、いつ頃の話？」

「たしか僕が小学校にあがった年だから……和希は二歳かな」

「覚えてるわけねえじゃん」

「そうだね……」

リビングのテレビの真っ黒な画面を、僕はじっと見ていた。

あれも、今くらいの季節だったと思う。小学校にあがって、最初の夏休みだった。いつも忙しい父がお盆休みを早めに取って、家族で遊園地に行こうと企画してくれたのだ。

「そのときに僕、飛んでいく風船を追いかけて迷子になってる女の子を見かけてね。声かけようか悩んだんだ」

テレビの画面には、僕の顔が映っている。

幼い頃は、周りの目なんか気にせずに正しいと思うことを貫くべきだと信じていた。

「でもできなかった」

ぽつっと言うと、和希は怪訝な顔をした。僕は自身の膝を抱えた。

「僕が行動する前に、別の人が女の子に声をかけたんだ。その人が迷子の女の子を親のもとに送ってあげたんだと思う」

そう思うことにしている。あの女の子がその後どうなったか、僕には知る由《よし》もない。

「……だからなに?」

和希はゲームに目を向けている。

「僕が話しかけなくても、誰かがなんとかするんだなってエピソードだよ」

「他力本願の始まりですか」

和希の呆れ顔に、僕は苦笑いしかできない。

本当は、あのときなんとなく嫌な感じがした。あの人は迷子の女の子の手を取っただけなのに、直感的に気持ち悪いと感じたのだ。その人についていってはいけない……なぜだか、そんな気がしていた。しかし、だからこそ怖気《おじけ》づいたというか。僕がそこに切り込んでいっても、なにもできないなと思ってしまった。つまり怖かったのだ。もしまずい事件だったとして、巻き込まれたくなかった。そこまで自分を犠牲にできない。

多分、あのときからだ。僕は自分の無力さを、痛いほど思い知った。自分がいかにちっぽけな存在で、勇気もなく、自分にできることなんてなにもないのかと、あの瞬間知ってしまった。いまだに、空に浮かんでいた赤い風船が脳に焼き付いている。真っ青な空と、周囲の楽しそうな笑い声と、大きな観覧車のカラフルなゴンドラ。ポップコーンのバターの匂い、ひまわり色のワンピース。息の詰まるような焦燥。

あの子がどうなったのかは、知らない。無事に両親のもとへ戻っただろうと信じるしかない。そう思い込もうとしているのに、あの日のことは今でも忘れられない。何年経っても、喉につっかえた魚の小骨のように残り続けているのだ。

「やっぱ兄ちゃんのそういうウジウジしたとこ、嫌いだな」

和希は言葉を選ばずずけずけ言い切って、ゲーム機の電源を落とした。むくっと起き上がったかと思うとゲーム機をソファの隅に置いて、床に落ちていたテレビのリモコンを手に取る。

「和希、夏休みの宿題は進んでるの?」

彼はおざなりに唸っただけで、返事をはぐらかした。リモコンを向けられたテレビが明かりを灯《とも》す。スーツ姿のキャスターが神妙な顔でニュースを読んでいた。

「逮捕されたのは、……県……市の会社員、……容疑者で、警察の調べによると、……容疑者は交際関係のもつれから……さんを殺害したとして容疑を認めています」

画面に映し出された無表情の女に、僕は言葉を失った。ニュースキャスターは淡々とニュースを読む。

「……容疑者は、『彼とは愛しあっていた』などと供述しており、警察は事実関係の調査を進めています」

紺色のカーディガンの女が、警察に連行されている。僕はその蠟人形のような顔から目が離せなかった。あの女性の言葉が、頭の中を反復する。

『あの男を殺す。それが成功する未来をください』

千夜子さんは、あの女性の記憶を消した。その記憶と引き換えに、女性は〝彼を殺す未来〟を手に入れた。

僕は弾かれたように駆け出した。電車の定期をぶら下げたリュックサックだけ引っ掴み、玄関を飛び出す。

「兄ちゃん⁉」

和希が珍しく大声で僕を呼んでいた。それでも僕は振り返らず、日の傾きかけた街を駆け抜けていた。


緑の庭に、ハーブの匂いの風が吹いている。僕は千夜子さんの屋敷の前で息を切らしていた。縁側でお茶を啜る千夜子さんが僕に気がつく。

「あら、戻ってきたの？　ちょうどよかったわ。さっきのお客さん、代金を支払わずに帰ってしまったのよ。慧くん、あのかたの連絡先を聞いてないかしら？」

悠長にお茶なんか飲んでいる千夜子さんに、僕はつかつか歩み寄った。ぜいぜい切れる息の隙間で、声を絞り出す。

「どうして……どうして、止めなかったんですか」

「ん？　なんの話？」

「どうしてあの人の未来を変えたんですか！　あの人、人を殺してしまったじゃないですか！」

　バササ、と鳥の羽音がした。僕の大声に驚いた雀が、木から飛び立った。千夜子さんはあら、と残念そうに眉をハの字にした。

「困ったわ、代金をもらう前に捕まってしまったのね」

「そういう問題じゃないでしょ！　あなたにはわかったはずだ、あの人の望みを叶えたら、こういうことになるって！　すべては彼女の妄想だったんだから、運命を変える必要はなかったはずだ」

　来客の女性本人は、恋した男の顔を忘れ、錯乱した。顔を忘れているくせに、執念で男を見つけだした。恋された男は、殺された。彼と結ばれるはずだった後輩は、愛する人を奪われた。

「誰も幸せにならない。皆が不幸になった。千夜子さんがあの人を止めていたら、こんなことにはならなかった！」

　感情的になって怒鳴る僕を、千夜子さんはぽかんとした顔で見ていた。

「私のせいだっていうの？」

千夜子さんには、共感力というものがないのだろうか。なんで叱られたのかわからない、子供みたいな顔をしている。

「〝記憶を代償に運命を変える〟ということは、〝過去に自分が築いてきたものを、欲望のために捨てる〟こと。あの人は築いてきた妄想を壊して自分の未来も壊してでも、他人の幸せを壊したかったのよ。私はその想いに手を貸しただけ」

蝉の声がわんわんと反響する。僕は頭が痛くなった。

「千夜子さんは、歪んでる……」

「そうかもしれないわね」

千夜子さんは、やはり悪びれない。

「やっぱり僕は、あなたを理解できない」

「しなくてもいいわ。慧くんに理解してもらえるとは思ってないもの」

彼女はおいしそうにお茶を啜っていた。

「友情」

「あ、十野。出てくれた！　おはよう。僕が誰だかわかる？」

〝慧〟と名乗るその男は、電話に応答した俺の声を聞くなりそんな反応をした。〝一ノ瀬慧〟はよくわからない存在だ。そんな奴からの着信なんて面倒だから、無視してしまおうかとも思った。だが俺にとっても引っかかっていたことなので、この際しっかり話を聞いておこうと思ったのだ。

「大学入ったときから割と仲がいい、慧って奴がいたことは覚えてる。そんで、お前の名前がそうだから、たぶんお前なんだろうなとも思う」

でも、そうだとしたらどうして彼の顔を見ても誰だかわからなかったのか。

「なんかすごく周りに気を遣う奴だったのははっきり覚えてんだけど、顔も知らないし、エピソードも思い出せない。お前誰なの？　俺の友達の慧で間違いないの？」

電話の相手の慧は、穏やかな口調で話しはじめた。

「十野は運命屋の千夜子さんのことは覚えてる？　夏休みに入る前日、変な女の人に手足縛られてただろ。それは覚えてるよね？」

　それには覚えがある。俺ははあ、と間抜けな声を出して聞いていた。

　慧は俺に、運命屋の千夜子さんのことを話してくれた。彼によると、俺は千夜子さんに慧の記憶を抜かれたのだそうだ。ただし千夜子さんは視覚で得た情報しか消さないため、慧がどんな人格で、それを俺がどんなふうに思ってたか、斑《まだら》に覚えていたみたいだ。

　その瞬間のことは、よく覚えている。体は起きていたのを自覚しているのに、長い眠りから覚めたような感覚がした。そして目の前には、なんだか知らないが人のよさそうな男がいたのである。

　話していてむずむずしてくる。俺からしてみれば慧は〝顔を思い出せないがゆえに過ごした時間も曖昧な、名前はわかる人〟なのである。一方で慧は俺のことはきちんと覚えているようだ。慧は俺に少しずつ、自分のことを話してくれた。難しいことが好きではない俺としては、記憶が半端に消えたとか、考えただけで煩わしい。でもまあ、この〝慧〟という男はどうも性格のいい奴で、だから俺も付き合いがあったのだろう、と、どこか他人事みたいな感想を覚えた。

3章　庭の日差しが輝いていた

その翌日、僕はボイコットを試みた。どんなにバイトとしての条件がよくても、共感できない人と一緒に働くのは無理だ。もうこのまま千夜子さんのところには寄りつかないようにして、別のバイトを探すことにしよう。午前中からリビングのソファで求人情報誌を捲《めく》っていると、和希がやってきた。

「あれ、兄ちゃんバイト見つけたんじゃなかったの？」

「やめた」

「早。兄ちゃんみたいな極端な奴がいるから、『最近の若い奴は忍耐が足りない』なんて言われるんだよ」

「うるさいな……」

たしかに今回は千夜子さんの人格に我慢ができず、やめようとしているけれど。和希は手で僕を追い払うような仕草をし、僕をソファからどかした。

「気に入らないことがあるんなら、バイト先の上司にでもはっきり言えばいいじゃん。なにが悪かったのか言わずにいなくなるから、現場が改善されないんだよ」

僕をソファからおろした和希は、自分がそこに寝転がってゲームを始めた。僕はその怠けた姿勢に眉を寄せる。

「知ったような口きくなよ。目上の人にそんなに強く出られるわけないだろ。ていうか、お前ゲームばっかやりすぎ。今年大学受験だろ」

「反面教師。俺は兄ちゃんみたいになりたくないから、自分の好きなときに好きなことして過ごしてんの」

和希が自分を正当化するついでに僕を批判してきた。まったく、口ばかり達者な奴だ。

和希にソファを奪われたので、僕は自分の部屋に移動して、再び求人誌を見ることにした。ベッドに寝転がって、気になる案件に赤いペンで丸をつけ、いくつかピックアップする。どんな条件でも千夜子さんのところよりはましに見える。千夜子さんほどの人格破綻者はそういないだろうから、この際もうどこでもいい気さえしてきていた。ひととおり見おわったら、僕はスマホを手に取った。一件目にアポイントの電話を入れようとして、はたと手が止まる。表示された発信履歴に、十野の名前があったのだ。

あいつは僕のことを忘れてしまった。たしかに僕は彼の顔色を窺っていたが、友人として大切に思っていたのも本当だ。しかし今の十野には、僕と過ごした時間の記憶がない。たとえ十野が僕のこと以外の記憶を取り戻して不便がないとしても、忘れられた僕としては無性に寂しい。僕の方にだけは、十野といた時間の記憶がしっかり残っているのだ。その記憶を戻すことができる人は、ひとりしかいない。

僕は開いていた求人誌を閉じた。それを布団の上に放り、部屋を出る。玄関に向かう途中でリビングにいる和希に声をかけた。

「和希の言うとおりだよね。ちょっとバイト先に交渉してくる」

「おお。いってらっしゃい」

やる気のなさそうな弟の声を背中に、僕はあのボロ屋敷へと出かけた。


「来てくれると信じてたわ」

お昼前に庭に到着した僕を見て、千夜子さんはにっこりした。彼女はちょうどひとり客を見送った直後で、庭から出ていく中年の女性と僕が入れ違いになった。あの人も、千夜子さんに不幸にされてしまうのだろうか。僕は千夜子さんをキッと睨む。

「今日は千夜子さんにお願いがあって来ました」

「なにかしら。あっ、その前に私からもお願い。今日は肉じゃがを食べたいわ」

「ああはい、わかりました。作りかた調べます」

余裕綽々《しゃくしゃく》な千夜子さんに流されて僕はスマホを取り出し、それからハッと気がついた。

「じゃなくて。僕は抗議しに来たんです。僕は今日で、ここに来るのをやめます！」

ピシャッと言い切って、僕は縁側に腰かける千夜子さんを強気に威嚇した。

「ですので、十野の記憶を返してください。これから連れてくるので、僕のことを思い出させてください！」

「あら。本音を見せないことに定評のある慧くんが、高姿勢で意思表示しているわ！」

千夜子さんは珍しがるものの譲ろうとはしなかった。

「でも嫌よ。私はもうちょっと慧くんにいてほしいもの」

だが、僕だって屈するつもりはない。

「そうであれば、千夜子さんを訪ねてきた人をあえて不幸にするような真似はやめてください。とにかく、十野の記憶だけは先払いで戻してください。それをしてくれないんなら、僕はもう二度とここには来ません！」

千夜子さんは僕という人材を手放したくないのだ。僕がやめると脅かしたら、少しは改心するかもしれない。彼女は観念したように手を突き出した。

「わかった！　わかったわ慧くん。ちょっと話しあいましょう」

千夜子さんのこの反応を見て、僕は勝ったと思った。千夜子さんは縁側の沓脱石のサンダルに足を引っかけると、すっと立ち上がって僕の方に歩み寄ってきた。

「あのね慧くん。あなたね」

そしてふわりと、僕の頰に指を添えた。接近した唇が開く。

「あなた少し、立場を勘違いしてるわ」

冷たい指の感触と、凍りつくような声。一瞬で思考が停止した。

「今、私はあなたの体温に触れてる。あなたの記憶に触れてるの。このままあなたの記憶を消してもいいのよ?」

びくっとした僕は、首を竦めて彼女の指から逃れた。そうだ、この人はいとも簡単に僕の記憶を消して未来を変えることができる。それは敵に回したら最悪の、恐ろしすぎる力だ。僕は千夜子さんの指の感触が残った頰に自分の手を押し当てた。無言になった僕を見て、千夜子さんが目を細める。

「怖がらせてしまってごめんなさいね。慧くんが、自分の立ち位置をわきまえてないようだったから。あなたの雇い主は私よ。その私は、一瞬であなたの頭をぶっ壊せる力を持ってるの。わかった?」

話しあいではない。これは話しあいとは言わないよ、千夜子さん。

「……やっぱり脅しじゃないですか」

そうだった。僕はこの人に逆らえる立場ではなかったのだ。これは条件のいいバイトではない。友人を人質に取られた、強制労働だ。完全に威勢を失った僕は、頬に手をくっつけたまま震える声を出した。

「に……肉じゃが、作りますね」

空気を読め、僕。この人に楯突いてはいけない。そんなのわかりきっていたじゃないか。


千夜子さんにびくびくしながら出かけて、パックのご飯と肉じゃがの材料を買う。見慣れた店をひとりで歩いていると徐々に気持ちが落ち着いてきて、廃墟に戻る頃には僕は冷静さを取り戻していた。

僕はレシピサイトを参考にして、ふたり分の肉じゃがを作った。

「できましたよ」

「わあ、おいしそう。私もお茶を用意しておいたわ」

「あ、ありがとうございます」

座卓に肉じゃがを運ぶと、すでにふたつのグラスが並んでいた。

冷静になった僕は、にこにこする千夜子さんを眺めながら考えた。千夜子さんは、一瞬で僕を陥れることができる能力を持っている。十野の記憶を戻すか否かも彼女次第だ。

僕は彼女の考えかたに賛成はできないが、歯向かうことができるような立場ではない。

千夜子さんが幸せそうにじゃがいもを頬張る。

「私だって、あまり慧くんに怯えてほしくないの。本当は脅さなくても、こうして一緒にご飯を食べて、気兼ねなく笑いあえたらいいなと思ってるのよ」

この人は危険な能力で僕を脅かすが、普段はとても穏やかな人だ。怒らせないようにうまく接していこう。幸い、僕は相手の顔色を窺うのには慣れている。

「慧くんは料理が上手ね！」

千夜子さんがやたらと褒めちぎる。僕も自分で作った料理を口に運び、唸った。

「そうですか？　煮込みが足りない感じがしますけど……。弟にも言われたんですが、僕の料理、千夜子さんが褒めるほどおいしくないですよ。千夜子さん、お嬢様なんですよね？　もっとおいしいもの食べてたでしょ？」

「〝おいしい〟って言葉は、素敵な未来を創るおまじないなのよ」

千夜子さんが妙なことを言い出した。きょとんとした僕に、彼女は続ける。

「〝今〟と言った瞬間に今が過去になるように、時間は常に流れてる。〝おいしい〟をはじめ、幸せな言葉は幸せな過去になって幸せな記憶になり、『幸せだったな』と感じられる未来に繋がるの」

外から涼しい風が吹き込んでくる。千夜子さんの髪の先が、少しだけ浮いた。

「逆に言えば、未来というものは〝今〟の行動次第でいくらでも変わっていくもの。私にはたしかに運命を変える力があるけれど、それは正確には〝運命を変えるほどのチャンスを呼ぶ力〟というもの。結局は、個人の行動次第ってこと」

肉じゃがの匂いがほくほく、湯気に乗って鼻孔を擽る。僕は彼女の話を聞きながら、じゃがいもを口に運んだ。

では昨日の女性も、たとえ男性を殺せるチャンスを手に入れたとしても、彼女自身が思いとどまれば未来は違ったということだ。もしかしたら、男の顔を忘れたことで彼へ想いが消えて、復讐心もなくなったかもしれない。男性が殺される事件が実際に起こっていて、千夜子さんはその殺しを後押しした。その事実は変わらないけれど、殺しを犯したのはあのカーディガンの女性の狂気だ。

僕には千夜子さんのような能力者の気持ちはわからない。彼女がどんな思いで、なにを考えているかなんて、想像もできない。僕を脅すような真似をするのも、あんな結果を招いてしまったことにも、彼女なりの理由があるのかもしれない。

「慧くんの記憶の中の映像はいつもきれいね」

千夜子さんがお茶を啜る。

「さっき触れたときも、学校の友達や家族の表情がとっても鮮やかな色を持って見えたわ。あなたって視覚優位なのね。これだけはっきりしてるということは、慧くんは物事を覚えるときに視覚に関連づける癖があるんじゃないかしら」

「それはあるかも。ラーメンの映像をなくしたら、そのときのこと、視覚以外の記憶まで全部曖昧になりました」

僕は庭の外の青い空を見上げた。十五年前、こんな青空に赤い風船が飛んでいた。今でもその景色が、瞼《まぶた》の裏に残っている。そしてその記憶と一緒に、心臓を這《は》うようなぞわぞわした拒否感も、はっきり覚えているのだ。

「あなたの見た景色を、もっと見せてほしいわ」

千夜子さんの声が、静かな部屋に溶けた。

食後、僕は千夜子さんに言われたとおり部屋の掃除をすることにした。

「よく他人に家を預けられますね。若い女性がそんなに開放的でいいんですか？」

あとで気まずくなるのも嫌なので尋ねておくと、千夜子さんは手をひらひらさせた。

「私の方が他人の過去を覗き見してる立場だもの。平気よ。私ばかりプライバシーを守るというのもアンフェアじゃない？」

たしかに僕は自分が見て覚えているものを、千夜子さんにすべて見られてもおかしくない状況にある。僕のプライバシーなど千夜子さんにはどうでもいいことかもしれないが。

「盗まれたら困るようなものもないわ。使ってないものは全部ゴミよ」

そう言ってから、千夜子さんがあっとつけ足す。

「ああ、盗まれて困るものはないと言ってもね、客間にあるものは現役で使っているものだし、隣の書斎も大事な本を置いているの。でも慧くんにとってめぼしいものでもないと思うから、安心して任せちゃうわ」

そう言われて、僕は客間の隣の本まみれの部屋を思い出した。壁一面の本棚とそこから溢れ返る無数の本。薄暗かったのでラインナップこそ見ていないが、小説もあれば雑誌もある、雑多な書斎だった。

「わかりました。ひとまず今日は書斎は置いといて、玄関の近くの部屋を掃除してますね。できれば千夜子さんにも一緒に作業してほしいんですが……」

「ごめんね、私は忙しいから無理よ」

千夜子さんはきっぱり断った。暇そうに縁側でお茶を飲んでいる人がなにを言うのだろう。だが僕は、こう言っている千夜子さんに「手伝え」なんて強制できる立場ではない。もう千夜子さんのことは放っておくことにした。

玄関からいちばん近い部屋は、客間などの他の部屋と同じく、畳が敷かれている。千夜子さんの前にここに住んでいた家主は、家族がたくさんいたのかもしれない。このような個人用と思われる部屋が、三つも残っているのだ。部屋の中は最初に見た日の客間ほどではないにしろ、なかなかの散らかり具合だった。長いこと部屋に入っていないようで、かなり埃っぽい。

「これは片付け甲斐《がい》があるぞ」

僕は景気づけのひとり言を呟いてから、部屋の明かりを点けた。

置いてあるものは、過去にここに住んでいたらしい人の生活の残骸ばかりだった。掃除の業者を入れなかったらしく、布団や箪笥《たんす》、本棚などがそのまま残っている。埃を被った骨董品《こっとうひん》や化石のレプリカなどもあり、この部屋の前の住人の趣味が窺えた。ひとりで持ち上げられないほどの粗大ゴミはいったん無視して、僕は床に散乱した物をゴミ袋に詰めた。部屋がひとつ整理されれば、千夜子さんの生活スペースが広がる。

ふと、前の住人も千夜子さんの実家の血を引く人間なんだよなと思った。ということはやはり、千夜子さんと同じような不思議な能力を持っていたのだろうか。

千夜子さんの家系については、まだまだ謎が多い。信じがたい能力を持った家系であり、その存在は極秘にされている。能力を解放するとくたびれてしまうから、使う場面を限定していると考えるのが自然だ。

しかし千夜子さんは、一般人に向けて能力を使った。先日の彼女の口ぶりからすると、能力を使ってしまったことがきっかけで父親から怒られ、実家にいられなくなったとのことである。そしてこの買い取ってあった廃墟を隠れ家のようにして、開き直ったかのように一般人の運命を操作しているのだ。彼女は、時の権力者にですら一年に一度も使えないほどの力であり、利用するには莫大な報酬が必要になる、と言っていた。体への負担も大きいと言っていたから、もしかすると命に関わる能力かもしれない。そんなものを軽々と使う千夜子さんが、ますますもって理解できない。

二、三時間の地道な作業の末、部屋はだいぶ片付いた。部屋の中の骨董品はきちんと整頓して並べ、もう使えそうにない小物は全部捨てた。箒《ほうき》できれいに中を掃いたら、寝泊まりできそうなくらいきれいになった。ゴミ袋を持って、部屋を後にする。廊下の細かい埃が気になって掃きながら歩いているうちに、僕は書斎の襖の前で立ち止まった。ゴミ袋と箒を廊下に置いて、中を覗き込んでみる。

書斎は、溢れんばかりの本で埋め尽くされていた。客間同様、千夜子さんがアクティブに使っている部屋のひとつで、なにやら大事な本が集まっているとのことだ。せっかくだから、この部屋も少しきれいにしようか。

薄暗い室内は、ほんのり埃っぽかった。狭い室内に敷き詰められた本の束に圧倒される。本棚と本の放つ重圧に押し潰されてしまいそうだ。床に落ちている本を、一冊拾う。社会派の古い週刊誌だった。本棚の中や床にも同じような雑誌がある。どれも古いもので、十年以上も前の号である。千夜子さんはこの家に越してきたばかりのはずだから、この雑誌の発売当時は、まだ彼女はここには住んでいない。古本屋なんかで買ってきたのだろうか。なににせよ、変わった趣味だ。

僕は手に持っていた一冊の、表紙の煽り文句に目を走らせた。大企業の社長がなにやら涙の会見をしたようで、巻頭で取り上げられている。そういえば小学生のときにこんな映像をテレビで観た覚えがある。

それにしても、雑誌の類が揃いも揃って社会派の週刊誌ばかりだ。あの人は、娯楽などに興味がないのだろうか。千夜子さんのような年頃の女性であれば、流行を扱ったファッション誌なんかがあってもよさそうなのだが、そんなものはない。彼女はいつも白っぽいブラウスにロングスカートで、代わり映えのしない格好をしている。ファッション誌がないのは納得がいった。

新聞や雑誌の記事というものも、そのときの人々の記憶、いや、記録である。社会を騒がせるニュースは、フィクションでないリアルな人間の過去の記録だ。千夜子さんは、そういうものにとらわれているのかもしれない。僕は勝手にそんな想像をして、再び本棚に目をやった。買って間もないと思われるきれいなテキストが目に留まる。背表紙に『犯罪心理学』とゴシック体で刻まれていた。

千夜子さんはこういうものを読むのか。欲望を抑えられない人々をおもしろそうに観察しているのは、こういう分野に興味があるからなのだろうか。テキストをぱらぱら捲ってみたが、文字が多くて読むのに時間がかかりそうなので途中でやめた。

床に散らばっている分だけでも掃除しようかと、屈んだときだった。

「ルーティンさん、今日は早いのね」

千夜子さんの声が聞こえた。僕は書斎を突っ切って、縁側に顔を覗かせる。座っている千夜子さんと、訪ねてきた男性が見えた。

ルーティンさんと呼ばれた彼は、白髪交じりで眼鏡の中年男性である。僕の父親くらいの歳だろうか。死んだ目をして、うさんくさい愛想笑いを浮かべている。

男性は書斎から覗く僕に目をやった。

「この子は？」

「ああ、ルーティンさんは初めて会うのね。この子はバイトに来てる助手よ」

僕を紹介し、千夜子さんは今度は僕の方に向き直った。

「慧くん、紹介するわね。彼は毎週土曜に来てくださる、ここの常連さんなの。私はルーティンさんと呼んでるわ」

「あ、お客さんなんですね。初めまして」

変なあだ名で呼ぶからなにかと思えば。僕は彼にぺこりとお辞儀をした。男性もぎこちなく頭を下げる。それがなんだか、ずいぶん怯えた表情に見えた。

千夜子さんのウィークリールーティンだから『ルーティンさん』なのだろうか。

「毎週ですか……千夜子さんの能力を使ってもらいに来てるんですか?」

「ええ、まあ、お恥ずかしいながら」

男性がもそもそ答える。僕は少し啞然《あぜん》とした。珍しい人がいたものだ。十野といい、カーディガンの女性といい、千夜子さんの能力を頼った人たちはろくなことになっていない。僕が彼らの立場だったら、二度とこの人に会いたくないだろう。それが、この男性に関しては毎週リピートしているというのである。

「そんな人もいるんですね」

僕が縁側に出てくると、千夜子さんはこちらを見上げた。

「そうね。だってこのかた、週に一度、会社での記憶を帳消しにしてるんだもの」

「なんのためにそんなこと……」

「いいから、早くしてください……。早く忘れたいんです」

男性が毛深い手を差し出しても、千夜子さんはその手を取ろうとしなかった。

「慧くんも将来こうなってしまいそうだから、話しておくわ。このかた、かわいそうになるくらいお仕事のできない人でね。窓際社員なのよ。仕事をするのも楽な方へ楽な方へと逃げてるうちに、『ルーティンワークしかしないミスタールーティン』って会社で揶揄《やゆ》されるようになってしまったの。それを聞いて私も、本名は聞かずに敬意をこめて『ルーティンさん』とお呼びしてるの」

千夜子さんがずばっと言い切った。だからそんな呼び名だったのか、と思うと同時に僕は男性の顔を窺った。案の定、男性は傷ついたような気まずいような面持ちで目を泳がせている。彼はこの様子でも、千夜子さんは気にしない。

「ルーティンワークしかしてないくせに毎週なにかしらミスをして、そのたびに上司のイライラ顔を見てるんですって。それが何度も頭をよぎって怖くなるから、私のところへ来て記憶を消しているの。あいにく私には映像しか消せないから、怒らせた記憶は残ってしまうのだけれど」

「本人の前でそんなはっきり……」

　僕はおろおろとして千夜子さんと男性を見比べた。目の前で若い女性から辛辣《しんらつ》なコメントをされ、男性の表情はさらに萎《しぼ》んでいく。明らかに傷ついている中年男性を前に、千夜子さんはあっけらかんとして言った。

「あら、私は責めてるつもりはないわ。仕事に集中できなくなるような嫌な記憶を排除して、新たな気持ちで再出発するのはすばらしいことよ」

　千夜子さんがフォローするような言葉を向け、左手を男性の方へ伸ばす。

「記憶を消すついでに、ほんの少し運命が動くわ。どんな未来をお望みかしら？」

　男性は、女神に救いを求めるかのようにその手を取った。

「願わくば、こんな私を、誰も責めない環境を。呆れた顔をする年下の上司も、生き生きとした若手も、陰口を言う同僚も、いない場所を……」

　蟬の声にかき消されそうな、弱々しい声だった。

「あなたのこの記憶は、あまり質がいいものではない。望む未来には、全然足りないわ」

　千夜子さんが彼を見上げる。男性は小さく、首を横に振った。

「忘れたいことを忘れさせてくれれば、それでいいです。その支払い分だけ、ちょっといい未来をくだされば……」

「わかったわ。ちょっとだけ、いい未来が訪れますように」

一秒もすると、千夜子さんは男性の手を離した。

「これであなたの中にあった恐ろしい映像は消えたわ」

「ありがとうございます……。これ、代金です」

毎週来ているからなのか、男性は慣れた仕草で支払いを終えると無言で会釈し、逃げ帰るように早足に庭を後にする。いそいそといなくなる彼の背中を眺め、千夜子さんは言った。

「彼が仕事ができないのには、本当は理由があってね」

彼女がふう、とため息をつく。

「二年前に頭を打って、その影響でそれより前の記憶がきれいに消えちゃったんだって」

「記憶喪失、ってことですか？」

「ええ。その名残で、今も記憶障害があるのよ。だから仕事を覚えられないらしいわ。でもそんな理由、職場の人たちには理解してもらえない。それで彼は苦しんでるの」

千夜子さんは同情しているようなしていないような、なんともいえない声色で話した。

「彼の状態は記憶が見える私としても興味深いし、彼も私の力を借りれば失う前の記憶が戻るかもと思ってるそうなの。残念ながら、消えた記憶は私にも見えないけどね。事故以降のことも、怪我の後遺症なのか嫌な記憶が強すぎるのか、普通の日常は他が霞んのだろう。新しい気持ちでやり直すということを忘れて、嫌なことを眺めた。

僕は男性がいなくなった生垣の向こうを眺めた。

「ちょっと複雑ですけど……でも、嫌なことを忘れて新しい気持ちでやり直すというのは、間違ってないですよね」

僕はあの男性の怯えた表情を思い浮かべていた。若手にも苦手意識があったようだから、それに僕を重ねあわせたのかもしれない。彼は初めて会った僕にまで、警戒するような目を向けていた。なんか、嫌だ。ああいう表情は、まず人の顔色を窺う癖のある僕に通じるものがある気がする。

「あの人みたいな傷つきやすい人が、失敗を忘れたくなる気持ちはすごくわかる」

僕も、気の弱い自分を好きになれないでいる。千夜子さんは、うふふと笑っていた。

「失敗は、山ほどしてもいいと思うの。ただ逃げてばかりじゃ解決できないことがほとんどよ。大人になるとプライドばかりが高くなって、だめな自分から目を逸《そ》らしたくなってしまうものよね。私もそうだもの」

「嫌だな、わかりたくないのに」

常に逃げ腰な僕は、あの男の寂しい背中に同情をしていた。

木々が揺れるたび、砂利に降り注ぐ木洩れ日が模様を変える。ゆらゆらと霞む光の集合体は、水面《みなも》で乱反射する水光のようである。思えば、この庭は不思議なくらいきれいだ。初めて訪ねてきたとき僕が部屋の汚さに驚いたのは、庭の手入れが行き届いていたからである。庭の木々も伸び放題だったら、部屋の中まで汚くても驚きはしなかった。建物の中まできれいだろうと勝手に想像してしまうくらい、この庭は丁寧に世話をされていた。気持ちのいい涼風が吹いて、千夜子さんの髪がふわっと毛先を浮かせる。僕の髪も軽やかに撫でられる。風の運んできた涼やかな匂いが、鼻を擽った。

「この庭、ハーブを育ててるんですか？」

僕は隣の千夜子さんに尋ねた。この庭では度々、鼻にすうっと抜けるような匂いを感じている。

「初めて来たときから思ってたんですけど、なんかさっぱりするような、草っぽいような、独特の匂いがします」

千夜子さんは、揺れる木の葉を眺めていた。

「ああ、迷迭香《まんねんろう》かしら」

「まんねんろう？」

「ローズマリーのことよ。この庭にも植わってるの」

千夜子さんが庭の隅に目をやる。僕も視線を追うと、生垣の根元にモコモコと群生した背の低い植物があった。細長い葉をいくつもつけ、揃って真上を向いている。

「冬が始まる頃に、お花が咲くの。紫がかった青い花でね、とってもかわいいのよ。妖精が集まってきたみたいになるの」

まったりと語る彼女の髪を、風が揺する。艶やかに煌めいて、きれいだ。庭の隅から爽やかな香りが漂ってくる。

「千夜子さん、面倒くさがり屋なのに庭はちゃんと手入れしてるんですね」

若々しい緑の葉を眺めて言う僕に、千夜子さんがふうと息をつく。

「この庭、引っ越してくる前は荒れ放題だったの。初めは興味がなかったけど、世話をしてみると意外と楽しくてね。庭の植物は生きてるものだけど体温がなくて、記憶が流れ込んでこないからかしら。なんだか気兼ねなく付き合えるのよ」

僕は彼女のぼやきを聞いて、ふうんと返した。記憶が流れ込んでこないという当たり前のことが、千夜子さんにとっては癒やしなのだろう。

「ローズマリーって、たしか料理にも使うハーブですよね。好きなら使ってなにか作ってみたらどうですか」

面倒くさがるのは承知で提案する。案の定、千夜子さんは首を縦には振らなかった。

「そんな手の込んだことしたくないわ」

「本当に自堕落なんだから……」

でも、そうか。この香りはローズマリー、迷迭香の香りだったのか。僕にはハーブの知識などないが、この匂いは独特の心地よさがあってなんだか漠然と好きだった。

蒸し暑い中に涼風が吹く。ほんのり漂うハーブの匂い。千夜子さんの艶のある黒髪。流れる白い雲。懐かしさに似た不思議な感覚が僕を包み、それがすごく落ち着く。のどかだ。時間が止まっているみたい。

「なんか、のんびりしていますねえ」

僕はあくびとため息の間みたいな声を出した。バイトに来たというより、田舎のおじいちゃんちに遊びに来たみたいな気持ちになる。千夜子さんも、そうねと小さく答えた。

「ネットで話題になりつつあるとはいえ、こんな変な女のところを尋ねてくる人なんて、そうそういないからね……。退屈ね」

一歩庭を出たらすぐに見慣れた街があって、大学もあるのに、そんな喧騒《けんそう》からは遠く離れた場所にいるような気がしてくる。

「どうかな、慧くん。今のあなたのその気持ちも、いずれ過去になるわ」

千夜子さんが庭の緑に目を細める。当たり前のことだけれど、一瞬一瞬が通り過ぎるたびに、過去になっていく。僕は煌めく庭の緑にまばたきをして、言いかけた言葉をのんだ。

　こんな日々なら、続いてもいいかな、なんて。思ってしまった自分は、たしかに僕の中にいた。おかしな話だ。今日はボイコットを企てていたのに。バイトをやめますと言いにきたつもりだったのに……。

「美しい記憶を、人は思い出と呼ぶわ」

　千夜子さんは眠たそうな声で言った。僕は日差しの中の千夜子さんにぽつりと謝った。

「今朝は、怒鳴ったりしてすみませんでした」

　こうして今日も僕は、自身の過去の浅はかさを悔やむのだ。


　その日から、僕は毎日千夜子さんの家を訪ねた。

「あれ。兄ちゃんバイトやめたんじゃなかったの？」

　ソファに寝ている和希が、出かける僕になげやりに聞く。

「やめるのやめたんだ。意思、弱。兄ちゃんみたいな優柔不断な奴がいるから、『最近の若い奴は考えずに発言する』なんて言われるんだよ」

　ごろごろしながら正論をぶつけてくる。優柔不断は否定できないので、僕はなにも言い返さずに出かけた。

だいたい午前十時半くらいに千夜子さんのところへ行って、来るたびに少しずつ散らかっている客間の掃除をする。簡単にできる料理を作って、千夜子さんと共に食べる。

来客がないときは千夜子さんはたいてい、縁側で日光浴をしていた。そのまうたた寝していることも多い。家事手伝いを終えた僕はその横に座って、一緒に日を浴びていた。アスファルト敷きの街中よりは幾分か涼しいが、やはり真夏の日差しは容赦なく暑い。

「暑いですね」

「夏だもの」

千夜子さんが団扇《うちわ》で顔をパタパタ扇いでいる。仕草のわりに、汗ひとつかいていない。

「夏かあ。もう八月に入りましたねえ」

ほんの世間話のつもりで言ったら、千夜子さんがくすくすとおかしそうに笑い出した。

僕はむっと眉を寄せる。

「なんですか？　僕、変なこと言いました？」

「ふふっ。いいえ。ただ、慧くんって本当に視覚優位なのねって思って……」

千夜子さんが僕を試すように言った。

「ベーコン切った日のこと、覚えてる？」

切ったような、切らなかったような。切った気はするが、頭の中は蜃気楼《しんきろう》である。千夜子さんはふふふっと口元を押さえた。

「この前にも言ったとおりね、そのとき見ていた映像が、会話などの記憶に直結してる」

「ベーコンっていうと、トマトのパスタ作ったときでしたっけ？　そのとき話してたことって……」

思い出そうとしていると、千夜子さんがヒントを投げてきた。

「あれから昨日で一週間」

「一週間……あっ」

ようやく、僕は記憶をいじられていることに気がついた。

「給料日！　週に一回評価して、その分のバイト代くれるんでしたよね⁉　昨日で一週間ってことは、もう給料日過ぎてるじゃないですか」

「思い出したわね！　ベーコン切ってるあたりでそんな会話をした覚えがあったから、試しにそのときの記憶を消してみたのよ。あなた見事に忘れたわね」

千夜子さんはおかしそうに笑った。こちらは笑い事ではない。あの会話のあと、思い出せるだけで二回は千夜子さんに触れられている。どこかのタイミングで、この人は僕の記憶を盗んでいたのだ。記憶が消えているのはそのときの映像だけなので、言われればその際の会話は思い出せたが、きっかけがないと想起できなくなっていたのだ。

「言い出しにくいのかなとも思ったけど、完全に忘れてるようだったから。いつ思い出すかなって放っておいたらそのまま一日が過ぎちゃった。遅ればせながら、今日お支払いするわ」

こんないたずらをしておいて、悪びれもせずににこにこしている。

「給料日を忘れさせるなんて……！　酷《ひど》すぎます！　これじゃあ、なんでも千夜子さんの都合のいいように僕の記憶を奪われかねない！」

僕はギャンギャンと千夜子さんに反発し、千夜子さんはそれをおもしろがった。

「ごめんごめん。ちょっと遊んだだけよ。もうしないわ」

「二度と僕に触らないでください！」

やはり、この人に心を許してはいけない。それを思い知った、一度目の給料日だった。

「憧憬」

ちっぽけなライブハウスに、俺の歌声が響く。

「ラスト、アンコール行くぞーー！」

俺のかけ声に、ギターが、キーボードが、ベースが、ドラムが、反応する。ボルテージのあがった観客から、キャーッと歓声をあがる。

こういう瞬間が好きだ。世界中の誰より自分が注目されているような感覚を味わえるし、ここにいる全員が俺の声が好きという状況は、最高に気持ちいい。ファンの中には、バンド結成当時から追いかけてくれている人もいる。中にはボーカルの俺の声に、うっとりと目を閉じる女だっている。今だけは、俺が世界の中心にいるような気分なのだ。

だが、その翌日にはこの陶酔感から目が覚める。俺のバンドは小さなライブハウスで数曲だけ演奏させてもらえる程度の、弱小バンドにすぎない。いつかビッグになる夢を叶えたいとは思っているのだが、俺はなにしろ下積みというものが嫌いで。

「そこはもっと熱く訴える感じで……」

「うるせえな！　俺のやりかたに指図すんな」

練習で集まるたびに、ギターとキーボードが細かいことでいちいち揉《も》める。こいつらをはじめ、なにかとピリピリしがちで面倒なのである。

これはたぶん、バンドの成長が遅いから、メンバーも苛つきはじめているのではないかと思う。

「俺たちの音楽は、単純なうまさじゃなくて〝新しさ〟が売りだろ？　もっと自由にやろう。な！」

リーダーの俺が彼らを宥めるも、メンバーはどこか不服そうな顔をする。

メンバー間のことだけではない。打ち上げに参加する古参のファンたちは、見慣れた顔ばかりで新しいファンがつかない。これも、バンドの名前が広まらないせいだ。

「あーあ、早く人気バンドになりてーな」

マイクで膝をぽんぽん叩いて、俺はそんな夢を呟いてばかりいた。

4章　共に形作ってきた

千夜子さんからもらった初任給は、目を疑うものがあった。

「こんなに……もらっていいいんですか？」

客間の座卓についていた僕は、声を震わせる。千夜子さんは座卓に頬杖をついて首を傾げた。

「あら、いらないの？」

「あ、いえ、ありがたく頂戴します」

ここ一週間、たしかに僕は料理も掃除もしていた。その間千夜子さんはなにもせず眠そうにしていたし、僕はよく働いた。でも、思い起こしてみると、ただ縁側でのんびりしていただけだった時間がかなり多い。にもかかわらず、千夜子さんは僕を高く評価してくれた。ひとり暮らしの資金が貯まるまで……ではもったいないかもしれない、なんて思ってしまうほどだ。

しかし、僕には気がかりなことがあった。

「ところで千夜子さん。十野の記憶は、いつになったら戻してもらえるんですか？」

十野から消された、僕の記憶の件だ。千夜子さんはバイトの内容についてはちゃんと僕に説明したが、十野の件についてははぐらかしている。

「それについてはまだ保留。やすやすと返してしまったら、慧くんが来なくなっちゃうかもしれないもの」

「そりゃそれが目的なんですから……。でも、いつまで待てばいいのかはっきりさせてくださいよ。夏休みが終わって学校が始まってからも十野が僕のこと覚えてなかったら、他の友達が皆、びっくりしちゃうじゃないですか」

休みが明けたら顔見知り以下の関係になっていただなんて、事情を知らない人から見たら奇妙な構図になってしまうし、悪目立ちしたくないという気持ちもある。千夜子さんは眉間に皺を寄せた。

「そうねえ。でもこればっかりは、慧くん次第なのよ。私の目標を、あなたが達成してくれるまで、記憶を返すわけにはいかないわ」

なにか含みのある言いかただ。僕は彼女の目を見据えて聞いた。

「目標とは？　具体的に、なにをしたらいいんですか？」

「言えないわ」

千夜子さんはそれっきり、全容を語ろうとはしなかった。これ以上聞いても無駄な問答になりそうである。

「大丈夫よ慧くん、夏休みはまだまだあるわ。十野くんと初めて出会ったときを思い出してみて？　お互いになんの情報もなくてもそこから思い出を作ってきたじゃない」

それは、初対面だったら当然そうだろう。僕がそう言い返そうとする前に、千夜子さんはにこっと笑った。

「培ってきたものなんて、またゼロから作り直したらいいのよ。夏休みが終わるまでに、また友達になるところから再スタートすればいいじゃない」

あっさりとした声色で、彼女はそう言ってのけた。

千夜子さんの考えに納得するつもりはないが、現状、僕は彼女に屈するしかなかった。考えてみたら、僕はベーコンを切っていたときの記憶を消されても、そのときの会話はきっかけさえあれば思い出すことができた。十野も僕の顔は忘れていても、話していれば共にいたときのやりとりを思い出すかもしれない。実際、先日十野に電話をかけたところ、僕が友人のひとりであったことは思い出した様子だった。十野にはもう少し、僕のことを思い出してもらおうと思う。

給料をもらった、翌日のことだ。僕は自室のベッドに寝転がって、十野の番号に電話をかけた。十野は三コールで着信に応じた。

「おっす」

「どうも。僕のこと、少しは思い出した？」

「いや。この前の電話で慧から聞いたことまでしか」

ちょっと眠たそうな声を出す十野に、僕は直球に考えを説明する。

「十野からしたら僕はまだ謎の存在かもしれないけどさ。思い出してもらうためにも、今日どっか行かない？」

十野にとっては、気が進まないかもしれない。誰か他の友人も誘って大勢で遊んで、その中に自分が混じることも考えた。しかし、それでは他の友人たちに他人行儀になった僕らを見せて驚かせてしまうことになる。十野も事情を理解したみたいだし、今後については しっかり話しあうべきである。

「わかった。いいよ。俺も慧のこと思い出したいしな」

十野も快諾し、僕らは一時間後に落ちあうことに決めた。

大学の最寄り駅で待ちあわせをする。僕が来たときには十野は先に到着しており、柱に寄りかかって人の流れを眺めていた。僕は彼を見つけるなり手を振って合図した。しかし十野は振り向かない。そうだ、十野は僕の容姿を忘れている。千夜子さんに記憶を取られた日に顔を合わせただけなので、その一回だけではもう覚えていないだろう。

「おい、十野！」

名前を呼ぶとようやく自分の待ちあわせ相手が来たのだと気づき、十野は変な叫び声を上げた。

「うあ、慧だ、よな。ああ、なんかすごく昔の友達が成長して会いに来て、見た目に面影がないみたいな、そんな感じ」

電話で話した感じでは、十野は僕の顔を忘れた影響で、会話のやりとりなども忘れている。千夜子さんは十野の記憶の中でも、僕が映っている映像を消したと言っていた。どうやらそばにいたときの記憶は全部なくなっている様子である。

「一緒に行ったことのある場所を見て、そこでの会話を思い出してみよう」

もしかしたらこれで記憶が戻るかもしれない。千夜子さんに消されていたとしても本人の努力で思い出せるものなのだとしたら、それで解決する。

まずは直近の記憶から、ということで、僕はお昼ご飯も兼ねて、ラーメン屋つきとじ亭に向かった。運命屋を初めて訪ねた日に、十野と立ち寄った場所だ。最初のスポットが呈されただけで、十野はもう怪訝な顔をした。

「つきとじ亭は覚えてるのに、行った記憶がない」

「実は僕も、その店の記憶を消されてる。外装を覚えてないし、味もうろ覚えなんだ」

駅から歩いてラーメン屋を目指した。僕は店への道さえ忘れてしまっていたのだが、それは十野が僕と関係ないところで覚えていたお陰で把握していた。アスファルトが日差しを照り返す。日陰がないところを歩くと、直射日光がじりじりと肌を焼いた。街中には夏休み中の高校生や、営業活動中のサラリーマンが溶けそうな顔で往来している。雲ひとつないピーカンの青空が、真夏の街を見おろしていた。

「ところでなんで俺は慧の記憶をなくすことになったんだ？」

十野が額の汗を拭いながら尋ねてくる。僕はちらと彼を睨み、宙を仰いだ。

「そっかあ、それも忘れたか。むかつくな。これはね、十野が千夜子さんに『一生遊んで暮らせる金を手に入れたい』なんて反則的なこと言ったからなんだよ」

「えっ、じゃあ俺はお前の記憶だけを代償に大金を手に入れる未来を得たのか⁉」

勝手に目を輝かせた十野を、僕はばっさり切り捨てた。

「最後まで聞いて。大金を手に入れるためには十野の手札の記憶を全部支払わなきゃいけなくて、お前はいったんすべてを失ったんだ。あまりにかわいそうだったから僕が千夜子さんに頼み込んで、汚い部屋の掃除をする代わりに払い戻してもらったんだよ」

「それじゃあ、大金は……」

「パアです。しかも千夜子さんは僕の自由を奪うために、十野の記憶の中から僕だけを消したままにした。戻してほしければ働けと言うんだよ」

　現状を口に出してみて、改めて思った。なかなか酷い話だ。

「千夜子さんってあの、俺を縛りつけて暗い部屋に放り込んだ人だよな？　そんな人のとこで働いてんの？」

　十野が露骨に嫌そうな顔をする。僕は眉間を押さえた。

「お陰様でね」

　こんな話をしているうちに、ラーメン屋に着いた。一度行ったはずの店なのに、初めて来た感じがする。千夜子さんの記憶を取る能力は本物だなあなどと改めて思った。

戸を開けると同時に、店主の親父の無駄に元気のいい挨拶と、醤油《しょうゆ》のようなしょっぱい匂い、冷房の涼しい風が飛んでくる。カウンターの席についた僕はメニューを開き、十野はそれを見ずに注文した。

「豚骨大盛りで」

「十野っていつもそう言うよね。初めて来た店でも、メニューにあるか確認しないで必ず豚骨大盛りを頼む」

これは十野の中でルールになっていることなのだろう。だから十野は、新規開拓のラーメン屋でも悩まない。十野はニッと笑った。

「今、なんとなく思い出した。慧はいつも、ラーメン屋で悩む。それで決まるまでが遅くて、俺はよく苛ついてた」

「そうそう。腹減ってるときの十野ってめちゃくちゃ機嫌悪くなるから。僕も最近はなるべく気を遣ってさっさと決めるようにしてて」

「べつに気ぃ遣わなくてもいいのに。たしかに苛つくけど、そんなの飯を食えば収まる」

十野がふっと吹き出す。そのとき、僕は初めて十野の本音に気づいた。僕は一方的に顔色を窺っていたけれど、十野の方はべつに、そんなことは望んでいなかったのだ。いつの間にか僕は周囲に怯え、いつの間にか被害者ぶっていたのだと気づかされる。

「暑いからなあ。冷やし中華にしようかなあ……」

お言葉に甘えてのんびり選んでやると、十野は宣言どおり苛ついていた。でも今の僕はそれを怖いとは思わなくて、いつもの十野だなあ、なんて安心感みたいなものすら感じていた。迷った挙げ句、結局塩ラーメンにした。ふたり分のラーメンが到着し、僕らは記憶にないラーメンを食べはじめる。映像こそ頭から消えていて、見ても思い出さなかったが、食べてみるとやはり知っている味だ。この不自然な記憶の消えかたが千夜子さんの技なのである。

「運命屋のバイトって、どんな仕事してんの？」

十野がチャーシューを持ち上げながら問うてきた。僕は麺に息を吹きかけながら答える。

「助手、という肩書きの小間使い。ご飯作ったり、掃除したり」

「あんな怖い人の言いなりになってんのか。かわいそうだな……」

十野が真顔になった。僕は横目で彼を睨む。誰のせいだと思って……。

「俺なら、お前の記憶が消えても戻そうとしないな。自業自得じゃん。絶対助けない」

しれっと見捨てるシナリオを喋る十野に、僕は眉を寄せた。無言で怒りを滲ませる僕を見て、十野が慌ててつけ足す。

「いやあ、それだけのことをしてくれるお前はいい奴だなって話だよ」

冗談なのか本音なのかわからないトーンで言って、十野はラーメンを啜った。僕はその横顔をじとっと見据えて、ため息をついた。

「もう今さら引き下がれないんだけどね。千夜子さんはなにか僕に求めてることがあるみたいで、それを達成するまで、十野の記憶は返してくれないつもりらしい」

ラーメンの湯気がもくもくと僕の視界に煙る。

「でもなにを期待されてるのかさっぱりわからない。千夜子さんもヒントをくれない。だから、完全に戻してもらえるのがいつになるか、まだわからないんだ」

千夜子さんは、なにを考えているのかわからない人である。こちらが疑問に思っていることを聞けば事実をすんなり答えるし部屋の隅々まで開放しているのに、本人の真意とか、そういう部分はまったく読めない。他人の顔色を見てばかりの僕でも察することが難しいのだ。十野がラーメンのナルトを口に運んだ。

「ふむ。じゃあさ、その千夜子さんの秘めたる要望、俺が第三者目線で推理しよう。まず最初に、千夜子さんって、どんな人なの？」

「えーと、育ちのいいお嬢様なんだけど生活力はなくて、面倒くさがりで、愛想笑いみたいな笑顔をつねに保ってて……いつも眠そうかな」

僕はここ数日で見てきた千夜子さんの様子を列挙した。真っ先に思い浮かぶのは、縁側に座って足をおろし、ひなたでうとうとしている姿である。

「ぐうたらな情報が大半だな」

自分だってずぼらなくせに、十野が呆れ顔をする。僕は箸を止めて話した。

「記憶を吸い取って運命を操作する能力は、代々家系で受け継がれてるものらしい。本来は権力者だけに、特別に解放してた能力だったんだって。だから昔から金持ちだったんだろうね」

「へえ。なんで権力者だけに使ってたんだ？　誰彼かまわず使い放題すれば、その権力者さえも凌駕する最強の存在になれそうじゃん。俺ならそうするな」

十野が豚骨スープに息を吹きかける。十野の言うとおりだ。記憶を自由に奪って、その相手の未来をめちゃくちゃにできるのだから、使いようによっては、最強になれる。

千夜子さんのまったりした私生活を見ていると忘れそうになるが、あの人はそれほどの力を秘めているのである。千夜子さんが十野みたいな性格だったら、たぶん世界を征服している。嫌な想像をしてから、僕は首を振った。

「それがね、あの能力を使うと、体への負担が大きいんだって。だから乱れ撃ちはできないのかも」

十野の未来を大きく変革したあとも、彼女はお腹が空いて動けなくなっていた。十野がなるほど、と呟く。

「そういうことなら、権力者をサポートするような最小限の使いかたで、権力者と共に富を築いた方が効率的なのかもしんないな。ん？　じゃあ、なんで千夜子さんは俺相手にその能力使ってんだ？」

たしかにそうだ。体に負担があって、実家からも睨まれ、なぜ運命屋なんてやってい

るのだろう。千夜子さんは能力を使えるのが権力者だけなのはもったいないと言ってい
たので深く考えたことはなかったが、たしかに千夜子さんの行動は、目的が謎である。
素直に家の掟《おきて》に従って能力を秘密にしていれば、お手伝いさんのいる快適な本家でのび
のびと暮らせていたはずだ。十野は頭を捻るのをやめた。
「わけわかんなくなってきた。サイコパスの考えることは常人には理解できねえや」
「推理してくれるんじゃなかったのかよ」
僕は十野に苦笑を向ける。考察を放棄した十野は、しらばっくれてラーメンのスープ
を飲んでいた。

ラーメンを食べたあとは、夕方まで街をうろついた。取っている授業が同じで帰りが
同じ時間になる日は、よくこうして街をぶらぶらしていたのである。ゲームセンターや
書店、カラオケなど、学校から駅までにある寄り道スポットをあげて、実際にその場所
を覗いた。あちこち巡ったお陰で、十野は徐々に〝一ノ瀬慧〟の記憶をよみがえらせは
じめた。僕の言動や他の友人との交友関係、弟の和希がいることまで思い出したのであ
る。とはいえ、消えた映像が戻ってきているわけではないようで、あくまで視覚に関連
づいていた視覚以外の記憶が戻ってきただけのようである。

「なんか、もう俺はこれで満足かも。お前が慧だって認識できたし」

十野はもうこんなことすら言い出していたが、僕はそんなに潔い性格ではない。

「視覚の記憶が、不自然にごっそりないっていう事態は変わってないんだよ。今までの大学三年間と数か月、僕と形作ってきたものが消えたんだぞ。気にならないの？」

「気にはなるよ。記憶をなくす前、どんな光景を見てきたのか。もちろん戻してもらえるならそれに越したことはないんだけど。でも覚えてなくても、俺がお前を慧だと認識できればよくない？」

十野はこういう、さっぱりしたところがある。過去のものを残しておきたいというよりも、なくなってしまったらそれはそれでスパッと諦めがつくタイプなのだ。

「あ、でもこれからも千夜子さんには交渉してな」

十野のこの割り切りのよさには感心する。僕の心の重荷が、ほんの少しだけ軽くなった気がした。


十野と別れたあと、僕は食材の買い物をして千夜子さんのもとへ向かった。ここ一週間、毎日なにかしら料理をしている。相変わらず簡単なものしか作れないし、味の調節もうまくはない。それでも、「今日はなにを作ろうかな」なんて楽しく考えている自分がいるのだ。

　買い物袋を提げて、あの屋敷を訪れる。夏の夕日が庭をオレンジ色に染めていた。風がそよそよと木の葉を揺らしている。庭の隅の迷迭香も揺られ、その香りが漂ってきた。

「こんばんは。夕食作りに来ました」

　声を投げてから庭に入る。縁側にいるかと思ったのに、今日は千夜子さんは定位置にはいなかった。留守だろうか。しかし不用心なことに客間の障子戸が開いている。前から不思議だったが、この家はとにかく開放的すぎる。庭には外から自由に出入りできてしまうし、縁側から家の中に侵入することだってたやすい。千夜子さんに注意を促しておこう。

　今日は不在のようだし、帰ろうか。そう踵《きびす》を返したときだ。客間の隣の部屋の障子戸が、いきなりガラッと開いた。

「うわっ！」

「あら慧くん。来てたのね」

　書斎から縁側に出てきたのは、千夜子さんである。びっくりした僕は、胸を押さえつけた。

「いたんですね。返事してくださいよ」

「ごめんごめん。ちょっと集中してて、聞こえてなかったわ」

千夜子さんは胸に本を抱えていた。カラフルな表紙の、厚みのない社会派の週刊誌のようだ。千夜子さんの家にはテレビがなく、スマホも持っていなければパソコンもない。世の中の情報を得る手段が、雑誌や新聞しかないのだろう。しかし千夜子さんの持っている雑誌をよく見て、表紙の女優がやけに今より若いことに気づいた。これも、古いもののようだ。

千夜子さんが大事そうに持ってきた雑誌を抱え、縁側に座る。僕はその横で靴を脱いで縁側にあがった。近頃はすっかりここに馴染んでしまって、自宅に帰ってきたような気持ちだ。

「あ、そうだ千夜子さん。この家、不用心すぎませんか？」

自分自身も簡単にあがり込んだあとで、僕は足の横に座っている千夜子さんに注意した。彼女は開きかけた雑誌を手に、僕を見上げる。

「ここね、もうすぐ取り壊される予定だったのよ。だから庭にあった門がすでに取り外されたあとで、窓や扉は鍵がないところもある。外から侵入され放題よね」

「こんなに隙だらけなの、よくないと思います。泥棒が入ってくるかもしれないし、若い女性のひとり暮らしなんですから、もっと警戒してください」

防犯意識の低さを叱責すると、千夜子さんはふっと目を細めた。

「ありがとう。でも心配はご無用よ。そんなに長くここで暮らすつもりはないから、門を修理するのもバカバカしいし。なにか悪いものが入ってきたら、記憶をぶっ潰して未来もぶっ壊してやるわ」

「ご自身がめちゃくちゃ強いというのは安心ですね。半端な護身術より破壊力あります」

僕は半ば呆れながら、買い物袋を持って客間を通過した。奥の台所に行こうとして、ふと足を止める。

「今、『長くここで暮らすつもりはない』って言いました？」

縁側の方を振り向く。千夜子さんの後ろ頭が俯《うつむ》いて、雑誌に目を落としていた。

「ええ。そのうち出て行くわ。ここは一時的に借りている、基地みたいなものなのよ」

そうだったのか。盗まれるような貴重品がないのも、そういう事情なら肯《うなず》ける。僕は買い物袋を冷蔵庫の前に降ろして、客間越しに見える千夜子さんの背中に声を投げた。

「千夜子さん、ひとりで生活を維持するのに絶対向いてませんもんね。ご実家に帰れそうなんですか？」

「まだ未定だけどね。一般人に能力を使ってしまったことを、お父様が許してくれるまで」

「ああ、本当は使っちゃだめなんでしたよね。最初は誰にどうして使ってしまったんですか？」

話の流れで聞いてみたのだが、千夜子さんはうーん、と大きめの声で唸った。

「悩むわね……ちょっとまだ、お教えできないわ」

「あ、言いにくいことならいいんです。詮索するつもりはなくて！」

千夜子さんの反応に、僕は反射的に遠慮した。顔色を見てしまう癖である。話すのを渋っている千夜子さんから無理やり聞き出すことはできない。なにか繊細で複雑な問題かもしれない。

「じゃ、いつか聞かせてくださいね。とにかくここを引き払う際は、十野の記憶を戻してからにしてください。いきなりいなくならないでくださいよ？」

僕は買ってきた夕食用の魚を冷蔵庫にしまった。

「滞在期間がどのくらいになるか知りませんけど、せめて庭の生垣はもう少し人が侵入できないようにした方がいいですよ。門は今だけでも必要だと思います」

「そうねえ。まあ、おいおい考えるとして……」

千夜子さんが面倒くさそうに僕の話を受け流そうとしたときだった。

「おっ、マジで住んでた！」

聞き慣れない男の声が、庭の方から響いてきた。冷蔵庫に食材をしまいおえた僕はそちらを振り向く。縁側の千夜子さんが、やや上を見上げているのが見えた。若い男性の、興奮した声がする。

「すっげ、運命屋の噂、本当だったのか！」

やはり門がないせいで、こうしてずかずかと人が入ってくる。僕は台所にいるついでに冷たい麦茶を用意した。来客の分と千夜子さんの分、おまけで自分の分も淹れた。僕がお茶を運ぶ頃には、来客の男はすでに客間の座布団に案内されていた。

年齢的には、僕と同じくらいだろうか。その風貌は無難で地味な僕とは違い、派手な金髪で色黒の男である。日本家屋の畳に不似合いな、パンクロックな黒い革ジャンに身を包んでいた。

「運命屋って、過去の記憶と引き換えに、未来をちょっとよくしてくれるんすよね？聞いてください。俺、ビッグになりたいんすよ」

男性は座卓に肘を乗せ、正面に座る千夜子さんに向かって身を乗り出した。

「俺、『キャット×ジャックポット』っていうバンドやってんです。略して『C×J《シーバイジェイ》』。俺がリーダーでボーカルなんだ」

「あら、あなた歌を歌えるのね。素敵だわ」

千夜子さんが両手のひらを合わせる。僕はバンドマンの男の前に麦茶を置き、千夜子さんの傍らにも置いた。聞いたことのない名前のバンドだなあ、などと思っていると、バンドマンの男は輝いた目のままで続けた。

「すっげえかっこいいはずなのに、なぜか売れねえんだ」

「そうなの？　もったいないわね」

その場の雰囲気が、以前のカーディガンの女のときと違う。今回の男性が生き生きしているお陰で、あの女性のときのような陰鬱な空気はなかった。僕は自分用の座布団がこの男性に取られていることに気づき、縁側に座ることにした。背後の客間から、ふたりの話し声が飛んでくる。

「バンド始めたらモテると思ったのに、数人の固定ファンがいるくらいで全然有名になれないしさあ。やっぱ、こういうのって細々と地道にやっても進まない。いきなり売れて、人目に触れないとだめなんだよな」

男性は冗談でも話すように笑いながら語った。

「で、実力があるのに売れないのって、多分運が悪いからなんすよ。だから、まあ神頼みというか。最近、メンバーといろんな神社にお参りして成功祈願してるんす」

「それじゃあ、私を訪ねてきたのも、そういうパワースポットみたいなお気持ちで？」

「そうっす。まさか本当に人がいるとは思わなかったけどね。お姉さんって、祈禱師《きとうし》とか、霊能者みたいな感じ？」

明るい元気な声で話す彼に、千夜子さんも楽しそうに答える。

「うーん、ちょっと違うかな。スピリチュアルなものを介してるのとは違って、私自身がやってることなのよ」

「待って待って、マジで未来を変えられるの？」

それまで軽いノリだった男性が、びっくりした声になる。僕は縁側で麦茶を啜り、そりゃそうなるよね、と口の中で呟いた。男性客の反応は、安心するくらい一般的なものだ。僕はちらと、相談中の座卓に目をやる。千夜子さんが頰杖をついているのが見えた。

「どんな未来をお望みかしら？」

「えっと、じゃあ」

革ジャンの男性は戸惑いながらも、慎重に言った。

「じゃあ……C×Jを、メジャーデビューさせてください」

声を殺すようにそっと言ってから、彼は今度ははっきりと言った。

「大手事務所の目に留まって、社長から直接名刺を渡されたい！」

「ドラマチックね。あなたの快進撃が目に浮かぶようだわ」

千夜子さんは嬉しそうに言い、小首を傾げた。

「でもそのためにはあなたから過去の記憶をいただくことになるわ。消さないでほしい記憶、あるいは優先的に消してもいい記憶はある？」

「そうっすね……。そうだ、このバンドの過去の活動記録はもういいや！」

革ジャンの男は手を叩いた。

「ぐずぐずしてた地味なライブのことは忘れて、輝かしい未来に昇華する！　インタビューで下積み時代のことを聞かれても『昔のことなんか忘れた』って言ってやる」

「そうね、あなたは未来に生きてるんだもの。過去になんかにとらわれず、これからどんどん新しい可能性を切り開いていくのがいいわ」

そう言って千夜子さんは、座卓の真ん中に手を差し出した。

「私の手に触れて。今からあなたの過去を、未来の可能性に変える」

「本当に、本当っすか」

男性はまだ疑っていたが、そわそわとその手を差し出した。僕はその様子を、縁側から眺める。これでこの人は有名になるのか、今のうちにサインでももらっておこうか、なんてくだらないことを考えたりしていた。

数秒後、千夜子さんが手を離した。

「はい、たしかにいただいたわ。数日以内に、あなたのところへ音楽事務所から連絡が来るわ。お約束しましょう」

男はしばしぽかんとしていたが、やがて軽やかに笑った。

「あはは、言ったからな！」

千夜子さんを信じ切れない男は麦茶を飲み干し、立ち上がる。

「ご馳走様。ありがとな、運命屋のお姉さん」

「ええ。有名になったら、ぜひまたいらしてね」

千夜子さんが微笑むと、革ジャンの男性は支払いをすませ、機嫌がよさそうに帰っていった。僕も彼の背中に一礼し、黒い革ジャンが見えなくなるまで見送る。

「そっか、記憶を消して未来を変える能力は、ああやって利用するものなのか」

僕は縁側でそうぼやいた。これから不要になる記憶を代償に、未来にいい出来事を約束する。復讐のために好きな人の顔を忘れた人もいたというのに、こんなにいいことづくめの人もいるのか。

「そうねえ。結局は幸せを摑むかどうかは彼次第だけどね」

千夜子さんはそう言いながら、僕の横に腰をおろした。手には先程から大事そうにしている雑誌を抱えている。

庭にツクツクボウシの声がこだましている。蒸し暑い夕日の中を、わんわん反響して、僕の頭をぼんやりさせた。麦茶の氷がカロンと鳴って、涼やかな微風が迷迭香の匂いを運ぶ。隣に座った千夜子さんは、眠そうな顔で雑誌を開いた。

「千夜子さんって、そういう古いもの集めるのがお好きなんですか？」

聞いたってどうせわからない趣味なのに、僕は無意味に尋ねた。千夜子さんは長い睫毛を下に向けて、雑誌の白黒記事に視線を落としている。

「この記事が好きなのよ。遊園地が写ってるでしょう？」

千夜子さんが少しだけ、僕の方に開いた雑誌を傾けた。ぽつんと小さな写真がページの中を陣取っている。白黒の粗い印刷のお陰でしっかり見えなかったが、大きな観覧車のある遊園地の写真だということはわかった。こういう写真を眺めるのが好きなのかな、なんて考えながら、誌面を覗き込んだ。そして視界に飛び込んできた見出しにどきりとする。

『情報求む！　ビスケットパークの行方不明少女、未だ見つからず』

「行方不明……？」

瞬間、僕の網膜に焼き付いた景色がよみがえってきた。

真っ赤な風船。観覧車がゆっくり回転する青い空、日差し、木洩れ日、喧騒、バターの匂い。ひまわり色のワンピース。

まさか。この記事がその少女の話とは限らない。僕の記憶の中のあの女の子とは、関係ない。僕はふいっと目を逸らし、麦茶を口に含んだ。心臓が、早鐘を打つ。やけに唇が渇く。落ち着け、落ち着けと、頭の中で何度も唱えた。行方不明の少女が、僕が見たあの女の子だとは限らない。そう思いたいのに、千夜子さんが手に持っている雑誌の表紙には十五年前の八月、ちょうど僕が父に連れられて遊びに行ったのと同時期の日付が印刷されている。

緑の庭に目を向けて、風にそよぐ木々の音を聞く。額から、ぽたっと汗が落ちた。膝に丸い染みができる。

「どうしたの？」

千夜子さんが心配そうに尋ねてきた。僕は肩を弾ませ、彼女の方を向く。端正な顔が僕を覗き込んでいる。黒い瞳が僕をじっととらえて、僕は一ミリも動けなくなった。千夜子さんがすっと手を伸ばしてきた。

「大丈夫？　具合悪い？」

彼女の手の甲が、僕の額に触れる。ひやっと冷たくて、僕は反射的に仰け反った。

「触らないでください！」

いきなり叫んだ僕に、千夜子さんもびくっと手を引いた。驚いた顔をして絶句する彼女を前にして、僕は、あっ、と我に返った。

「すみません。千夜子さんに触れられると記憶をいたずらされそうなので……」

「あら、そんなこと危惧してるの？　もうしないって言ったじゃない」

千夜子さんはふふっと笑って、僕に触れていた手を縁側の床についた。僕も、乾いた笑いを返した。

「言ったけど、本当に約束を守るとは限らないですから」

頭の中を鮮やかに流れるのは、十五年前の夏のこと。考えたくない。忘れてしまいたい。あの少女のことなんか、本当に見なかったことになればいいのに。たまたま居合わせただけなのに、どうして僕がこんなに不安な気持ちにさせられなくてはならないのだ。

千夜子さんはもう雑誌に目線を戻していた。

「この遊園地ね、私の思い出の場所なのよ。この近くに私の実家が保有してる別荘があってね。子供の頃は遊びに行ったものだわ」

「はは……別荘ですか」

千夜子さんが庶民の僕には考えられない思い出話を繰り出している。それから彼女は、ふいに眉を寄せた。

「でもこの遊園地で、行方不明事件があってね。この記事にもあるけれど、女の子が迷子になったまま見つからなかったのよ」

再び、僕の心臓は跳ね上がった。千夜子さんが雑誌の記事を目でなぞる。

「この雑誌は十五年前だから、慧くんは六歳くらいかしら？　この事件知ってる？」

動悸が速くなる。首を振って、嫌な予感を振り払った。関係ない。僕には関係ないことだ。僕の仕草を否定と見なした千夜子さんは、そう、と続けた。

「当時は結構な騒ぎになったのよ。連日ニュースで情報提供を求めてね」

「そう、だったんですか」

当時僕は六歳、小学校にあがりたてだ。ニュースなんてまともに観ていなかったし、周りの大人が騒いでいても、幼い僕には意味がよくわからなかった。

グラスの半分の量になった麦茶の、茶色い水面を見つめる。氷がカランと崩れて、小さな波が夕焼けの光に煌めく。千夜子さんが雑誌の記事を眺めて、涼しい声で言った。

「この号の翌週だったかしら。その女の子が見つかったという記事が出ていたわ」

「あっ……見つかったんですね」

僕はほっと顔をあげた。よかった。一気に押し寄せてきた安堵でため息が出かけたとき、千夜子さんは落ち着いた声のまま続けた。

「ええ。遺体でね」

その瞬間、僕はまた、声を詰まらせた。千夜子さんは、雑誌から顔をあげないで、物憂げな瞬きをする。

「かわいそうにね、全身をめった刺しにされて山の中に捨てられてたのよ。まだ小さな女の子だったのに……酷いことする人がいるものね」

また心臓が暴れだす。僕の記憶に残る赤い風船の女の子とは別だとしてもだ。そんな残虐な事件があったことに、胸が痛くなる。僕の記憶と関係なければいいというものではない。その気持ちと、もしあの子だったら、という不安が行ったり来たりする。

僕は前屈みになって、シャツの胸元をぎゅっと握った。

「犯人は、捕まったんですか？」

おそるおそる、尋ねる。千夜子さんは雑誌を開いたまま、目を閉じていた。

「……まだよ」

千夜子さんは彫刻みたいなきれいな顔で言った。

「人の命が生まれたり消えたりする出来事というものは、大きなターニングポイントになるでしょう。人がひとり死んだという過去は、そのあとの誰かの未来に大きなエネルギーを与える……巨大な動力を持った記憶になる」

彼女のそんな呟きを聞いて、僕の脳内にあの夏の景色がよみがえった。幼い女の子に話しかける、黒い髪の女性。その顔はもやがかかって思い出せないが、今想像すると、その横顔が千夜子さんの顔に映る。もし千夜子さんがあの超人的能力を維持するために、犠牲が必要なのだとしたら、それは人の命を奪うほどのエネルギーなのかもしれない。

しかし、あれは十五年も前のことだ。僕が覚えている女性は今の千夜子さんくらいの年齢だった気がするし、ありえない。しかし千夜子さんは人間離れした能力を持っている。歳《とし》を取らない可能性すらある……。いや、そんなことはあるわけがない。僕は深呼吸して、余計な考えから頭を切り替えた。

「千夜子さんの、というか千夜子さんの家系の能力って、警察と協力したらすごく役に立ちそうですよね。証言集めるのとか、かなり有利そう。あ、でもだめか。肉体的なダメージが大きいんですよね」

僕がそう話していた途中で、千夜子さんは突然、ぱたんと横に倒れた。何事かと思ったら、横になった千夜子さんはすやすや寝息を立てていた。話しながら眠くなってしまったようだ。バンドマンの記憶と運命をいじったから、疲弊したのだろう。だからといって、こんなに急に寝なくても。

僕は足元の砂利に目を伏せる。僕が遊園地で見かけたあの女の子が、あのあとどうなったのかはわからない。どうなったとしても、それは僕の責任ではない。ただ、その存在が僕の中に強く息づいているという事実だけは確かだ。あのときの迷い、ためらい、焦燥。そして、諦め。それらが今の僕を、こんなに自分に期待しない人間に成長させた。

考えるのはよそう。僕は買ってきた魚のことを思い出し、夕飯を作ることにした。


数日が経った、日曜日の昼過ぎのことだった。

「彼を返してください！」

千夜子さんのもとへ、女の人が飛び込んできた。セミロングの茶髪をおろした、かわいらしい人だ。僕より少し年上くらいだと思われる。その女の人が、庭先ですごい剣幕で千夜子さんの手首を摑んでいるのだ。

「メンバーに聞いたの。彼、ここに来てから様子がおかしくなったって！」

お客さんの影を見かけて悠長にお茶なんか用意していた僕は、客間で盆を持ったままフリーズした。止めなくてはと思い立ったときにはすでに、責め立てられる千夜子さんが冷静な口調で彼女を宥めていた。

「まあまあ。どうしたの。いきなり怒られたって、心当たりが多くてどれのことだかわからないわ。落ち着いて話してごらんなさいな」

千夜子さんに制された茶髪の女性は、はあはあと息を荒らげて、千夜子さんの手首を離す。しばらく千夜子さんを強気に睨んでいた彼女だったが、やがてその目に涙を溜めて、肩を震わせはじめた。

「……ファンはずっと、C×Jがメジャーデビューする日を待ち望んでた」

女性の言葉を聞いて、僕は先日来た革ジャンの男性を思い出した。たしか、あの人のバンドの名前がC×Jだった。千夜子さんも覚えていたようで、ああ、と手を叩く。

「あなた、あの歌うたいさんのファンなのね」

「彼らの夢を、一緒に追いかけてたの。ライブのあとの打ち上げには必ず参加してた。差し入れも持っていった。結成時から、ずっと応援してた……」

女性がぼろぼろと涙を零す。握りしめた拳を目に押しつけて、彼女はひっくひっくと呻いた。女性のすすり泣きを、千夜子さんは黙って聞いていた。

「この前、ブログでオーディション番組に出るって報告があったの。私もいちファンとして、すごく嬉しかった」

それを聞いて、僕はどきっとした。あの男性に、オーディション番組のオファーが来たのか。あの男性の願いは、『バンドをメジャーデビューさせてください』だった。ということは、千夜子さんが操作したとおり、彼の未来にその運命が巡ってきたということだ。女性は嗚咽《おえつ》を洩らした。

「私は他のファンに呼びかけて、彼らを応援する決起大会を企画したの。お店に集まって、一緒にお酒を飲んで、頑張ってって直接言いたかった。それなのに……」

そこまで聞いて僕は、あ、と気づいた。あのバンドマンは、チャンスと引き換えにバンドの過去を捨てたのだ。ファンの女性は、続きを言えずに膝を折って泣き崩れた。そうだ。バンドの過去の景色を捨てた彼が、ファンの顔を覚えているはずがない。たとえ打ち上げに参加しているような、差し入れも欠かさないような、駆け出しの頃からついてきているような、熱烈なファンだとしても。

庭の地面に蹲って嘆く女性を、千夜子さんは縁側から見おろしていた。

「あら、彼バンドやめちゃったのね。残念」

落ち着いた声が、庭に溶ける。

「あなたに摑みかかられたとき、記憶が見えた。あれは、バンドのホームページかしら？」

「えっ？」

僕は思わず声を出した。千夜子さんは、メジャーデビューさせてくださいという、あのバンドマンの願いを叶えたはずだ。代償に記憶をなくしているのだから、間違いない。

女性は、震える声を絞り出した。

「オーディションは、戦うステージが違った。他の出場者に比べて明らかに力不足だったよ。でもそんなのわかってた。彼らにはまだ早いことはわかってたの。それでも私は、夢を追ってる彼が好きだった」

　女性の声が切なく萎んでいく。僕は持っていた盆を座卓に置いて、ポケットからスマホを取り出した。ウェブを開いて、『C×J』で検索する。真っ先に、それらしいホームページが現れた。庭で小さくなった女性から、涙に滲んだ声が洩れている。

「だけどボーカルの彼が諦めてしまった。自分には才能がなかったんだって」

　ホームページには、大きな見出しが掲げられていた。『C×J解散について』と、太くて赤い字で目立つように刻まれている。

　膝をついていた女性が、バッと顔をあげた。

「調べたよ。あんた、記憶を消して運命を変えるんだって？　そんなめちゃくちゃなこと言って、彼になにをしたのよ！」

「あなたがおっしゃったとおりよ。私は彼にチャンスが来る運命を与えた。実際、彼にはオーディションの話が舞い込んだでしょう」

「でも千夜子さん、あの人の願いは『メジャーデビューさせてください』ですよ」

　ずっと黙って聞いていた僕も、たまらず口を挟んだ。

「願いが叶ってないじゃないですか。代償はしっかり支払ってるのに」

するとと千夜子さんは、ちらりとこちらに顔を向けた。

「勘違いしないでほしいんだけど、私の能力は運命を引き寄せるものであって、〝勝手に成り行きが決まる〟のとは違うのよ」

それは、感情がないみたいな貼り付けられた笑顔だった。

「たとえば、慧くんがおいしいラーメンを食べたいと思ったとするでしょ。そして食べられる運命を手にしたとする。でも慧くんが家から一歩も出ず、出前も取らず、食事を持ってきてくれる人もいなかったら？　ラーメンを食べる前に、死んでしまったら？」

千夜子さんは戸惑う僕を見て、にっこりした。

「チャンスを呼び寄せたとしても、あなたが動かなければラーメンはやって来ないわよね。行動が伴って初めて、未来が変わるの」

「あ……」

「慧くんには、以前話したわよね。未来というものは〝今〟の行動次第でいくらでも変わっていく。私の力は〝運命を変えるほどのチャンスを呼ぶ力〟。人間は運命に抗《あらが》うことができる。運命を動かすのは、本人自身なの」

たとえば、人を殺せる未来を手に入れたカーディガンの女が、本当に殺すかどうか。

たとえば、バンドマンがメジャーデビューできるかどうか。

そのチャンスはたしかに千夜子さんが引き寄せてくれるのだが、その運命に伸《の》るか反《そ》るか、抗うかは、本人次第だ。

千夜子さんは、再び庭のファン女性に向き直った。

「私は彼の虚栄心に同情していたのよ。だから、彼にオーディションの話が来るという未来を引き寄せた。彼もライブという行動を起こして、事務所関係者の目に留まることができた。でも彼には、実力が足りなかったの。記憶の中を見ても練習してる様子はすごく少なくて、その記憶のビジョンもぼやけていた。これじゃあせっかく引き寄せた運命も、捕まえられないわ」

淡々と、千夜子さんの声が通る。

「そしてなにより、彼はその築き上げてきたものを放棄した。あの男性はメジャーデビューにばかり固執して、バンドメンバーやファンと共に作ってきたものはいらないと言ったの。その程度の男だったのよ」

ファンの女性が目を大きく見開いて硬直している。千夜子さんは、容赦なく追い打ちをかけた。

「成功しないのを運が悪いせいにして努力もせず、そんな彼をわかった上でこんなに慕ってくれたファンの記憶を、呆気《あっけ》なく不要と言い捨てて。メンバーとファンには気の毒だけれど、彼は音楽という芸術の世界で認められる器じゃないと思うわ」

追いかけていたバンドのボーカルをズタボロに言われ、女性はくたっと下を向いた。

「それでも……歌声は、すばらしかったの」

「残念だわ。私に見える記憶は視界の記憶だけ。音や感情は、いっさい伝わってこないの」

千夜子さんは、ちっとも〝残念〟とは思っていなさそうだった。

「私はファンを蔑《ないがし》ろにする人の歌声では感動できないけれどね。でももし彼が、軽い気持ちで記憶を捨てたことを後悔しているのであれば、きっとまた練習してファンのためにライブを開くと思うわ」

まるでファンに希望を持たせるような言いかただけれど、裏を返せばそれは、「解散を決断した彼にファンへの気持ちなんかない」という意味にも聞こえる。

庭に蹲る女性の、茶色い髪がそよ風に吹かれた。

「彼にとって私は……その程度だったんだ」

迷迭香の匂いが客間まで届いてくる。

「結成時からずっと応援してても、彼はファンなんか見てなかった……。ファンのために音楽をやってたんじゃなくて、デビューして有名になりたかっただけだったんだ」

「目が覚めたかしら？　よかった」

千夜子さんが柔らかな声で言った。

「あなたは純粋すぎたのね。これからはもっと、素敵な人を見つけられる目を養いなさいな」

千夜子さんのもとで働いていると、嫌なものを見ることになる。千夜子さんが、僕に言ったことだ。本当にそうだと思う。この場所に来る人たちは、いつもなにかを見失っている。欲望を剝き出しにしたり、見つめなくてはいけないものから目を逸らしたり、いちばん大切にすべきものを蔑ろにしたり。人の汚い部分が、弱い部分が、ダイレクトに見えてしまう。そのたびに僕は虚脱感に襲われて、やるせない気持ちにさせられる。

庭の迷迭香が揺れる。僕は泣き崩れる女性のつむじを、黙って見ていることしかできなかった。

その〝元・ファン〟の女性が帰ったあと、僕は千夜子さんと共に縁側でお茶を飲んだ。

「残念ですね。オーディションに落ちたあとどうするかで、彼の未来は違ったのに」

僕は麦茶を啜り、そんなことを言った。あの女性のために淹れたお茶だったが、飲まずに帰ってしまったのだ。

「極端に言えば、あの人が千夜子さんを頼らずに、メジャーデビューのチャンスすら来なかったとして。それでも少ないファンのためだけにライブを続けていたら、もしかしたらファンと結婚したかもしれないし、子供が生まれたかもしれないんですよね」

「そうね。そういう未来もあったかもしれない」

千夜子さんは眠たそうに目を閉じていた。

「未来のことはわからないから、なんとも言えないけれど……そういう可能性は、当たり前にあったわ。だとしたら、生まれてくる可能性があった命がなくなってしまったわね」

記憶を代償に運命を変えることは、すなわち欲望のために過去に自分で築いてきたものを捨てること。千夜子さんが、以前僕にそう教えてくれた。

「『それほどの覚悟があなたにあるか』……って、千夜子さんが確認してあげた方がいいんじゃないですか」

「私が確認を取ったところで、あの人たちが答えを変えるかしら？」

千夜子さんは口角をあげた。

千夜子さんのことは、僕には理解できない。あんな能力を持っているこの人は、僕みたいな常人とは日常そのものが違う。感じることや考えることも、きっと根っこから違うのだろう。でも、意地悪なのは間違いないと思う。僕はやはり、この人が苦手だ。

「千夜子さんが事前に言ってくれれば、十野は『一生遊んで暮らせる金』なんて希望しなかったと思いますけどね」

ぷいっとそっぽを向いてやると、千夜子さんの高らかな笑い声が聞こえた。

「あはは、それはそうかもしれないわね。まああれは、私が慧くんを試すために必要な過程だったのよ。べつに本気で消してやろうだなんて思ってなかったわ」

「え？　僕を試す？　試してたんですか」

千夜子さんの方を向くと、彼女は少しの間無言になり、やがて品のある微笑を浮かべた。

「使える子だったら助手にしようと思ってね」

「なんですかそれ。そんな荒業使うことないでしょ……」

僕はため息をついて、虚空を見上げた。

「十野、僕の存在を思い出しましたよ。思い出は戻ってないみたいですけど。本人は、僕との記憶が曖昧でも、僕を僕だと認識できればまあいいか、なんて言い出してます」

「あら、寂しいわねえ。でもそれ、素敵なことかもしれないわね。共に作ってきたものが壊れてしまっても、また作り直せばいい。そう思えるのは、前向きな関係である証拠だと思うわ」

十野から記憶を消した張本人でありながら、千夜子さんは他人事のように言った。

この人に同意するのは癪《しゃく》だが、僕もそれはちょっと感じていた。それに記憶がなくなる前より、十野の本音を聞けた気がする。

「でも、記憶は返してくださいよ？」

「どうしよっかな」

千夜子さんはわざとらしくそっぽを向いた。この人、やっぱり意地悪だ。

「忘却」

「仕事ができない人間にも、いくつか分類がある。指示されたことしかしない『指示待ち人間』、空気の読めない『気が利かない奴』、単純に言われたことを理解できない『バカ』……いろんなタイプがあるが」

大柄な体格の上司が、私に説教をする。

「君はそれらの複合型だな、百井《ももい》くん」

突き刺すような言葉が、私の心を砕いた。

上司がそう言ったのは、一年前に中途入社したこの会社で、半年が経った頃だった。その日のことを夢に見た朝は、最悪の目覚めだ。忘れたくてたまらないのに、何度も頭の中によみがえる。何度も、私の自信をもぎ取っていった。あの人にあんなことを言われて以来、私は自分を嫌いになった。ついに若手から『ミスタールーティン』なんて嫌味なあだ名を付けられて、私はさらに孤立した。

私には、二年以上前の記憶がない。だが父が言うには、学生の頃は勉強もできたし部活でも活躍していたのだという。だからきっと、私は記憶をなくす前まではこんなだめな男ではなかったはずだ。

しかし上司のあの言葉は、私が〝覚えられない〟ことを叱責したのではない。

指示されたことしかしない『指示待ち人間』、空気の読めない『気が利かない奴』、単純に言われたことを理解できない『バカ』。

問題は私の記憶力ではない。もっと他の部分にあったのだ。

私は文武両道の優秀な人間だったはずなのに、社会の中では、自分が実はかなり無能な人間だったことを思い知った。社会で求められるのは私にはない〝人間力〟だったのだ。

こんなだめな自分は、難しいことをやって失敗してしまってはいけない。余計なことをして他人の仕事を増やしてはいけない。できないなら無理にやらなければいい。昇進もしないし仕事も回ってこないが、楽でいい。責任は負いたくないから、これでいい。とはいえもちろん、社内で白い目で見られるのは気分のいいものではない。だから、私はこの劣等感を乗り越える最高の方法を見つけ出したのだ。

それが、自分に刺さる視線を、〝忘れる〟処置だった。

5章　確かなものを

気がついたら、八月も中盤を過ぎていた。長い休みというものは、どうしてこうも呆気なく過ぎてしまうのだろうか。

僕と千夜子さんの奇妙な関係も、日常としてすっかり定着した。昼か夕方かその両方か、僕は千夜子さんの屋敷にできる限り通《かよ》っている。たくさん行った方が給料が弾まれるからだ。友達と遊ぶ予定があったりして行けない日もあったが、千夜子さんはとくになにも言わない。来るか来ないかわからないというのは迷惑だろうから、予定があらかじめわかっているか前日までに伝えておくようにした。こうして僕と千夜子さんの間にルールが生まれはじめ、それは秩序になった。

一緒にいると時折、千夜子さんが雑誌を読んでいるのを目にする。僕はそのたびに、遊園地の記事のことを思い出した。自分の記憶の端にある、黒髪の女性がよぎる。誘拐事件と千夜子さんは、無関係なのだろうか。頭の中に残る、少女の手を取った人物が千夜子さんの横顔で再生されて以来ずっともやもやしている。でも千夜子さんに直接突っ込んだ質問もできず、なあなあにしていた。

バイトの中身は、相変わらずルーズである。

「慧くん、今日はアイスがあるのよ」

「わ。いただきます」

千夜子さんに声をかけられた僕は、あろうことか客間の畳にうつ伏せで寝転がっていた。僕のルーティンワークは、昼か夕か、もしくは両方の食事を作ること。あとは客間や台所の掃除。千夜子さんが使っていない、前の住人の住んでいた跡が残る部屋を片付ける日もある。ほぼそれだけなので、時間が余るのだ。ここに大学の課題を持ち込んで、畳に寝転がって作業することも増えていた。

この日も、僕は寝転がって持ち込んだ課題のレポートを書いていた。手書きで書かされるのは億劫なのだが、先生がそう指示するのだから仕方がない。天気のいい平穏な木曜の午後、蝉の声の隙間に僕のペンの音が交じり込んでいた。

「千夜子さんが僕を放任してくれるお陰で、課題がすごく捗《はかど》ってます。ここ静かだし、それに結構涼しい」

ごろ寝している僕を、千夜子さんが見おろす。両手に一本ずつ、棒付きのアイスキャンディを持っていた。

「あら。おうちの方が涼しいんじゃない？　ここ、エアコンないわよ」

「そうなんですけど、庭から吹き込んでくる風が心地いいんです」

縁側と客間を隔てる障子戸を開放していると、庭から気持ちのいい風が入ってくる。緑がカーテンになっているのか、部屋の中も案外居心地がいい。そしてなにより、漂ってくる迷迭香の匂いが好きだった。

千夜子さんがアイスを持って座卓の座布団に座る。僕もいったん、レポートを書く手を止めた。のっそり起き上がり、その隣に腰をおろす。千夜子さんが僕に横目を向けた。

「バニラでいい？」

「ありがとうございます」

千夜子さんが差し出す白いアイスキャンディを受け取る。つい今まで冷凍庫に入っていたアイスキャンディは、木の棒が冷たくて気持ちよかった。

客間にいると、鼻にスッとした匂いが流れ込んでくる。

「わりと癖もあるけど、なんか好きなんだよなあ、この匂い」

「迷迭香のこと？」

千夜子さんがアイスを口元で止めた。僕はアイスの先端を口に入れた。

「はい。頭がすっきりして、勉強が捗るんです」

アイスが上唇に張りつく。冷たくて甘い。千夜子さんも、アイスを唇に添えた。

「迷迭香の香りは、昔から記憶力や集中力を高めると言われてるのよ。近くで嗅ぐと刺激が強すぎるんだけど、こうやって静かな風に乗って庭の隅から漂ってくるとちょうどいいわよね。集中したいときにアロマを焚《た》くのもいいかもしれないわ」

「へえ、そうなんですか！」

ボロ屋の軒下に日が差している。蒸し暑さの中で涼やかな風が頬を掠め、それがなんとも気持ちがいい。僕はアイスを咥《くわ》えたまま、レポートに戻った。千夜子さんが座卓でアイスを舐《な》めつつ、話しかけてくる。

「慧くんって、そこの大学の学生さんよね」

僕はペンを休ませずに答えた。

「はい。社会福祉学の勉強をしています」

子供やお年寄り、体の不自由な人など、社会的に弱い立場にある人たちを支援する、そういう学問である。このレポート課題も、社会的弱者にとって少しでも住みやすい社会を作るために考えたことをまとめているのだ。

「福祉、ね。そうね、力を持った悪い大人が、弱い者を振り回すのは見てられないわ」

千夜子さんが言うと、偽善っぽく聞こえるから不思議だ。僕はカリカリとペン先を動かした。

「人々の弱みにつけ込んで、厄介な力で振り回す人もいることですしね」

「なんのことかしら……ああ、この能力でたくさんの人々を幸せに導きたいわ」

わざとらしいのが腹立たしい。僕はもう、千夜子さんを無視してレポートに集中することにした。

社会的弱者を救う社会には、きっと周りの協力が必要不可欠なのだ。面倒ごとに巻き込まれたくないとか、偽善者だと笑われたくないとか、そういう風潮がよくない。そんな思想を文章に起こしていると、ふと我に返ったときに空虚感が押し寄せる。

そんな理想を書き連ねても、実際の僕は周囲に同化することに必死だ。弱い人に手を差し伸べる余裕なんかない。

「遊園地の、誘拐事件……」

ぽつっと、千夜子さんが呟いた。僕は思わずペンを止めた。いつの間にかアイスを食べおわった千夜子さんが、座卓に頬をつけてうつろな目をしている。

「この前、雑誌を見ながら話したわね。私の別荘近くの遊園地の、少女誘拐事件。力の弱い女の子を連れ去って、抵抗できない彼女を弄んだ犯人は、どんな人間なのかしら」

どきりと、胸が締まる。千夜子さんは眠たそうに続けた。

「山で見つかった少女の遺体ね、損傷があまりに酷くて、遺族も見せてもらえないほどだったそうよ。酷い話よね。弱い者をいたぶることで、己の欲求を満たす……最低ね」

僕は無言で口にアイスを突っ込んだ。蒸し暑さで溶けかけたアイスが舌でとろける。

僕が平穏な暮らしをしている裏で、残虐な事件に巻き込まれてひとりの少女が死んだ。知らない人に連れ去られ、傷つけられ、助けは来なかった。幼い少女はどれほど怖かったことだろう。僕の手はカタカタ震えていた。

「許せませんよね……」

ペン先が定まらない。暑さ以外の理由で、額から汗が滴ってくる。

「少女が誘拐されるのは、未然に防げたんじゃないでしょうか。誰か見てなかったのかな。怪しい奴がいるなって……」

僕はレポートの汚い字を見つめて言った。

何度も再生されるあの景色が、何度でも僕を不安にさせる。

「もし見ていた人がいたとしたら……なにもしなかったとしても、それは悪いことでしょうか」

どうしても自分を正当化できる言葉を見つけたくて、声に出した。

「どうするべきでしょうか。目の前で、『もしかしたら』ってことが起こったら。相手が悪くなかった場合、冤罪《えんざい》になってしまうかもしれないけど『もしかしたら』の可能性があるとき……」

だって、あれは不確かなものだった。あの頃の僕にそこまで見破る力はない。胸の中で言い訳をしながら、僕は助けを求めるように千夜子さんの方を見た。

「千夜子さ……」

しかし、千夜子さんはもう僕の話など聞いておらず、座卓でうたた寝を始めていた。こちらが真剣に話しているというのに、酷い。

僕もアイスを舐めおえて、再びレポートに戻った。が、ペンを持った途端、スマホがリュックサックの中で振動している音に気づく。ペンを転がして、リュックサックからスマホを引きずり出す。画面には、弟の和希の名が表示されていた。

「もしもし？　どうした？」

「メール返ってこないから電話したんだよ。兄ちゃん今どこにいんの？」

和希の不機嫌な声が流れ込んできた。レポートに集中していたせいか、通知に気づいていなかったようである。

「ごめんごめん。バイト先だよ」

「バイト中なのに、電話出られんの？」

「あ……うん、わりと自由な職場でさ」

夏休み開始と同時にここで千夜子さんの助手を始め、半月以上が経った。ここでの日常にも慣れてすっかり馴染んでいたのだが、僕はまだ、和希をはじめ家族にここのことを話していない。

「ふうん、兄ちゃんのバイト先、どこなの？　そういやまだ聞いてないよね」

和希が電話越しに訝る。僕はペンを拾い、指先で弄んだ。

「どこでもいいだろ。和希、僕のことなんか興味ないでしょ」

運命屋という説明が面倒くさい場所で、面倒くさい経緯の上で働いているのだ。納得してもらえるように全部話すのが煩《わずら》わしくて、はぐらかしてしまう。和希がかったるそうに詮索してくる。

「まあ、興味はないよ。でも飲食店とかカラオケだったら、友達と行くときサービスしてもらおうかなとは思ってるけど」

「残念でした。お前が来るようなところじゃないよ」

和希は、いつもサバサバしている。きつい物言いをすることも多く、撤回もしない。忘れたいことを引きずるような性格でもない。よって、あいつは千夜子さんの能力には用がない。まさか運命屋とは想像もしていない和希は、余計に怪訝な声になった。

「なに？　居酒屋とか？　あ、でも夜は帰ってきてるから違うか。そんじゃ、なんか人に言えないような仕事？」

僕にほとんど干渉してこない和希にしては珍しいくらい、突っ込んでくる。

「あはは、そんなことないよ。なんていうんだろ、お嬢様の助手みたいな、雑用係みたいなことやってる。これがまた給料いいんだ」

僕はちらと、居眠りする千夜子さんに視線を投げた。和希がふうんと鼻を鳴らす。

「なにそれ。兄ちゃんの妄想じゃなくて？　現実にそんなバイトあるの？　それともなにか裏があるとか？」

「妄想じゃないよ。たしかに現実的に滅多にないけどね。で、電話はなんの用？」

こちらから問いかけると、和希はそうそう、と思い出した。

「今日、父さんが仕事早くあがるから、どっか飯に連れてってくれるって。なんか食いたいものある？」

「そうなんだ。僕はなんでもいいから、和希の希望で決めて」

「出た。優柔不断の伝家の宝刀、『なんでもいい』。気遣いのふりして相手に丸投げする姑息《こそく》なスキルだよね。いいけどね。俺はお好み焼きが食べたい」

僕の返事にしっかり嫌味を突き刺して、それから和希はふうとため息をついた。

「どうでもいいけど、兄ちゃん毎日のようにバイト行ってるよな。どんなブラックバイトだか知らないけど、兄ちゃんはただでさえ周りに流されやすいんだから、ヤバイと思ったら周りのことばっか気にせずちゃんと休めよな」

「大丈夫だよ、暇だし。お気遣いなく」

僕が答えているのを最後まで聞いたかどうか、和希は通話を切ってしまった。

和希に言われて気づいたが、たしかにこうも日課のようにバイトに出ているとなったら、かなり過酷と思われかねない。実際はこうして、畳の匂いを嗅ぎながらごろごろしたり、学校の課題をやったりしている。千夜子さんが経費として払ってくれるから、自分の食費も浮いている。感覚としてはバイトというより、雑用をこなす代わりに人の家に遊びに来てのんびりさせてもらっている感じなのだ。

過酷どころか、むしろ自堕落すぎる。千夜子さんも生活力が皆無だが、そのスローライフに僕まで順応してしまっている。ギリギリ人が住める廃墟という特殊な空間が、なんとも言えない心地よさを育んでいる。いつの間にか僕は、バイトとか十野の件とかそういう目的を曖昧にして、単に居心地のよさを求めてここを訪ねていたのかもしれない。

このままではいけない。僕は眠っている千夜子さんに声をかけた。

「掃除してきますね」

千夜子さんは目を覚まさなかった。この人は本当によく眠る。普段からうとうととしている。変な能力のせいで体力の消耗が激しいのだと言っていたが、それは余程のものなのか、僕が来ていようと眠ってしまうのだ。それは「眠りに落ちる」という表現がぴったりな眠りかたで、ストンと意識を失ってしまうのである。座卓に黒い髪が広がっている。息をしていないみたいに伏せた姿は、主に捨てられた人形のようにすら見える。無防備であどけなくて、僕に意地悪を仕掛けてくる千夜子さんとはまったくの別人に思えてくるのだ。

「能力持ってると、疲れるんですね。家事にやる気が出ないわけだ」

僕は彼女の黒髪に呟いてから、客間を後にした。

僕は最初に来た日に買ってきた軍手を装備して、隣の書斎を開けた。今日はここの埃を取り除こう。夕方から父と弟と外出だから、夕飯はここで千夜子さんと一緒には食べられない。今日の分は作っておいて、温めるだけにしておくか。そんなことを考えながら、作業に取りかかる。

足元の邪魔な本は、拾って隅に寄せた。どこかにしまえるスペースが残ってはいないものかと、ぼんやり本棚を見上げる。するとふいに、その中の一冊の背表紙に目が留まった。図鑑だ。ハーブに特化した植物図鑑である。分厚い背表紙に緑の文字の、ちょっと古ぼけた本だった。

僕はさっそく、その背表紙に指を引っかけた。詰まった本の中から引っ張り出して、索引からローズマリーを探す。千夜子さんの庭にある、迷迭香のことだ。ローズマリーはハーブの中でもメジャーなものらしく、大きな写真で取り上げられていた。

この家の庭でも見ることができる、にょきにょきした茎と葉。写真には青い花もついていて、その愛らしさに僕はへえ、と感嘆した。ひらひらした蝶のような花が、いくつも連なっている。千夜子さんが『妖精』と表現したのも肯けた。写真の横にはシソ科の植物であるという説明書きと、ハーブの効能が記されていた。血行促進だとか若返りのハーブだとか書かれている中に、千夜子さんが言っていたとおり、記憶力や集中力を高めるとも説明されている。花言葉は、『思い出』。

「千夜子さんらしいなあ」

つい、そんな呟きが洩《も》れた。記憶を見ることができる彼女にうってつけの花言葉だ。もしかしたら、知っていて育てているのかもしれない。

僕は図鑑を閉じ、また本棚に向かって腕を伸ばした。もとの場所に戻そうとした、そのときである。

ひらっと、僕の持つハーブの図鑑から紙切れが滑り落ちた。僕は慌てて、図鑑を抱いて屈んだ。図鑑の中に、なにか挟んであったようだ。どこに挟まっていたのだろう、栞《しおり》代わりのマーキングだったら申し訳ないことをしてしまった。本の溢れ出した床に落ちた、その紙を拾う。手のひらいっぱいくらいの大きさの、やや硬めの紙だった。指でつまみあげて、僕ははたと凍りついた。

「なんだ、これ」

それは、少し画質の悪い写真だった。

目に飛び込んでくるのは、真っ赤なワンピース。

「そんな」

肩までの黒い髪を下ろした、五、六歳の女の子だ。指は切断され、腕はおかしな方向に曲がり、細い脚には何箇所もの切り傷がある。顔、胸、胴と、いくつもの深い傷が黒っぽい穴になっていて。見開いた目は、作り物のようにくすんでいて。

真っ赤に染まったワンピースの端っこには、僅《かす》かにひまわり色が残っていた。

「うっ……」

僕は図鑑を落とし、蹲った。吐きそうだ。

図鑑とともに床に落ちた写真を睨みつける。伏せられたそれはただの白い四角になっていて、少女の姿は見えない。でも、頭の中には死ぬほど強く焼き付いてしまった。

死体なんて初めて見た。写真なのに、生で見たかのような剔《えぐ》さだ。頭がガンガンして、胃の中が気持ち悪い。

　あれは絶対、千夜子さんが言っていた十五年前の誘拐事件の少女だ。むごたらしくめった刺しにされて、怯えた目は光を失っていた。

　そしてなにより、あれは。

「ひまわり色……」

　何度もフラッシュバックする、あの夏の景色。風船を追いかける、小さな女の子。翻るひまわり色のスカートの裾。

　間違いない。何度も何度も、記憶の中で反芻《はんすう》している。無邪気に走り、風船に手を伸ばした、あの女の子。忘れもしない。十五年前、僕がビスケットパークで見かけた、あの子だ。

　死んじゃったんだ。誘拐犯に連れ去られ、おもちゃにされて、殺されたんだ。

　僕のせいか？

　僕は口を押さえて、溢れ出しそうなものを飲み込んだ。伏せた写真から目が離せない。どくんどくんと、心臓が早鐘を打つ。息が、うまくできない。あの日あの瞬間、僕が声をかけていれば。

「嫌だ……僕のせいじゃない」

押さえた口から、自然と声が洩れた。僕だけが悪いんじゃない。いちばん悪いのは、彼女を殺した犯人だ。汗が噴き出して、目の前が歪む。内臓がひっくり返るような恐怖が、体じゅうを巡っている。

それに、待って、どういうことだ。

僕は口から手を離して、頭を抱えた。

どうして千夜子さんが、この写真を持っているんだ?

殺された少女の遺体は、損傷が酷くて遺族にも見せられなかったはずだ。こんなもの、この少女の家族には耐えられない。他人の僕ですら、頭が割れそうに痛くなるのだ。当然この遺体は、世間にも公表なんかされない。

では、どうして千夜子さんがそんな写真を持っているのだろう。この写真を撮ることができるのは、この状態の少女を前にした人間だけではないか。

ずきっと頭が痛くなって、あの日の記憶が頭の中に流れる。少女に声をかける、黒髪の女の人の姿が、一瞬だけよぎった。服装も顔も、もやがかかって思い出せなかった人だ。考えれば考えるほど、頭の中のその人物が千夜子さんになっていく。

「いや……そんなはず」

僕は呟きを洩らしながら、伏せた写真を凝視した。もしかして本当に、記憶の中のあの人は、千夜子さんなのか。本当に、歳を取らずに美しくあり続ける、そういう人知を超えた存在なのではないか。少なくとも、事件に無関係ではないはずだ。

書斎を埋め尽くす週刊誌や新聞も、「大事なもの」だと、本人の口から聞いている。十五年くらい前の、その事件の記事が載っているものだ。千夜子さんがこの事件のことを何度か口にしていたのも、なにかを隠していることの表れだったのではないか。

だとしたら、あの人は。

「僕が見てたことも気づいてる……？」

千夜子さんには、人の記憶が見える。僕も彼女に手を取られ、記憶を覗き込まれた。僕の頭の中に鮮明に残った、十五年前の夏の遊園地も、彼女には見えたはずだ。

なにか魂胆《こんたん》がある。犯人を目撃した僕をこうして助手として身近に置いたのは、偶然ではないのだ。ずっと、おかしいとは思っていた。そんなに掃除に長《た》けているわけでも料理が上手でもない僕を、やけに甘い条件で助手に雇っている。そんなのは不自然ではないか。

僕はおそるおそる、床に落ちた写真に手を伸ばした。そのときだ。

「慧くーん？」

柔らかな声に、肩が跳ね上がった。目を覚ましたあの人が、僕を捜している。僕はとっさに写真を拾い、床に寝そべるハーブの図鑑に突っ込んだ。

この写真を見たことは、千夜子さんに知られてはいけない。千夜子さんにとって都合の悪いものであることは明らかだ。ばれたらなにをされるかわからない。まず間違いなく、これを見た記憶は消される。しかし見たものの映像しか消えないのだから、知ってしまった事実は記憶に残る。口止めのために、他の記憶も消され精神を壊される、あるいは、僕も殺される。

絶対に、見なかったことにして貫かなくてはならない。

図鑑をお腹に抱えて立ち上がり、わたわたと本棚の隙間に突き刺す。

「慧くん？」

障子戸がシュッと、滑る音がした。僕は図鑑を本棚に押し込み、そこに背中を貼りつける。障子戸の向こうから覗く千夜子さんは、きょとんとしていた。

「あら、ここにいたのね」

「は、はい。掃除をしようかと……」

自分でも情けないくらい、か細い声が出た。千夜子さんがそう、と微笑む。

「熱心ね。それより慧くん、昨日お菓子を買ったのを思い出したのよ。一緒に食べない？」

千夜子さんの笑顔が、今の僕には仮面の化け物のように見えてしまう。

「今日は結構です。今夜の夕飯、外で食べるので、その……お腹空かせておかないと」

「あら、そうなのね。じゃあまたの機会に」

僕の下手くそなごまかしは、千夜子さんにどこまで通用したか定かではない。ただこのときの僕は、すぐにでもここから逃げ出すことだけを考えていた。


結局、作り置きの夕食を用意する計画すら忘れて、僕は千夜子さんの家を飛び出してしまった。自宅に帰ると弟がリビングでゲームをしていた。ソファに仰向けに寝そべって、ゲーム機に充電器を繋いだまま遊んでいる。ため息が出るくらいいつもどおりの光景が、そこにはあった。僕は荷物をソファの横に放って、カーペットの上に座り込む。

「お疲れ様。今晩はお好み焼きだぞ」

和希の気怠げな声を聞いていると、無性に息苦しくなった。案外こいつの言うとおりだったのかもしれない。僕が気づいていなかっただけで、千夜子さんが僕をそばに置いていたのには理由があった。甘い条件には裏があったのだ。

あの写真はなんだったのだろう。やっと落ち着いてきた僕は、膝を抱えて考えた。

なぜ千夜子さんは、あの写真を持っているのか。

千夜子さんは僕に誘拐事件の話をするとき、まるで他人事のように話していた。つまり僕に対し、しらばっくれる必要があったのだ。彼女は僕の記憶を見ている。少女が誘拐される直前の映像を見たと考えて間違いない。僕がその記憶を持っていることをわかったからこそ、僕を身近に置いておくことにした。見張られていたのだろうか。殺す機会を窺っているのかもしれない。

やはり彼女には少女を殺した過去があり、それがあの超能力と美しさを維持する原動力になっているのか。「人がひとり死んだという過去は、そのあとの誰かの未来に大きなエネルギーを与える」という千夜子さんの言葉を思い出す。そこまで考えてみたが、推測の域を出ない。そもそも千夜子さんなんて、なにを考えているのかよくわからない。脈絡もなく人を殺しそうでさえある。

悶々としていると、またぞわぞわと真っ黒なものが僕の胸に込み上げてきた。写真の女の子は、僕が見ていたあの子だ。僕が見殺しにした。僕があのとき、ほんの少し勇気を出していれば……。

「兄ちゃん、大丈夫かよ。顔色悪いぞ」

和希がゲームから目を離してこちらに顔を向けている。僕は唇を噛み、床に目を泳がせ、やっと声を出した。

「ごめん、大丈夫」

自分でも心配になるほど、声が掠れている。もう嫌だ、やめてくれよ。本当は胸の中でそう叫んでいたが、僕は無理やりに口角をあげた。

「気にしないで。それより、僕は今日はお腹空いてない。お好み焼き、やめとくよ」

鉄板を囲むような気分にはなれない。リビングから離脱する僕の背後で、和希がゲーム機を置き、ソファから身を起こした。

「なんだよ、意味わからん」

普段は「どうでもいい」が口癖の和希が、僕を気にしている。

僕は自分の部屋に逃げ帰りベッドに倒れ込んで、目を閉じた。浅く息をしていると、千夜子さんの言葉が頭をよぎる。「ここで見たものは忘れさせてあげる」。あの人は僕に、そう約束した。あの人の助手をしていて見るものは、生きていく上で邪魔になる記憶だ。こういうものは忘れてもいいはずだ。

僕は枕に顔をうずめた。千夜子さんに記憶を消されたとして、この渦巻く不快感まで消えるのか。それは今の僕にはわからない。ただこの一刻も早く逃れたい感情に、今は耐えるしかなかった。

「日々」

僕がパパさんに引き取られてきたのは、君が幼稚園にあがる少し前のことだ。とはいっても、僕はまだ小さかったから、その当時のことを覚えているわけではない。逆に言えば、僕は君がいない頃の生活をまったく覚えていない。君も、同じだと思う。だから、君と僕は物心づいたときから一緒にいる、兄弟みたいな関係だった。まあ、君は人間で僕は黒い猫だから、本当の兄弟にはなれなかったんだけれどね。

僕はパパさんのお友達の家で生まれた猫だ。パパさんは、小さな息子である君を動物と触れあわせる目的で、僕を飼うことを決めてもらってきたのだそうだ。

兄弟みたいに育った君と僕は、いつでも一緒だった。ご飯も一緒、寝るときも一緒。君が作った積み木のお城を、僕が壊したこともあった。君は泣いて怒ったけれど、そのあとは「言いすぎてごめん」なんて言ってママさんに内緒でおやつをくれたから、今ではいい思い出だ。

「今日はなにして遊ぼうか？」

君が無邪気な笑顔を向けてくる。僕は君の足元に駆け寄って、ニャーンと返事をした。

今日はなにして遊ぼうか？

しつこくするのだけはやめてよね。

6章　手放したくなくて

その日、僕は一睡もしないで悩んだ。眠ろうとして目を閉じると、瞼の裏に赤く染まったワンピースが映る。そして何度も考え込む。

千夜子さんがあの事件のことを気にしているのは、なんとなく感づいていた。僕の方も、記憶の中の女性に千夜子さんを重ねあわせてしまって以来、何度も千夜子さんと誘拐事件が結びついていた。だが根拠がないのに疑うのは千夜子さんに失礼だから、無関係だと信じようとしていた。でもあんな写真が出てきてしまったら、もう他に考えられないではないか。殺したのが彼女ではなかったとしても、少なくとも彼女は犯人となにか関わりがある。そうでもないと、彼女が頑《かたく》なに僕をそばで見張り、事件の話を振ってくる理由がない。

千夜子さんの最終的な目的はなんだろう。当時現場を見た僕を、殺す機会を待っているのか。昨日書斎に入った僕を見て、千夜子さんは僕があの写真を見つけた可能性を感じたはずだ。見ていないと嘘をついたところで、彼女に触れられれば僕の見たものの記憶はいとも簡単に見抜かれる。決定的なものを見た僕を、生かしてはおけないだろう。

僕は布団の中で体を丸め、極限まで小さくなった。あの人は、人を壊すことができる。直接手を下さなくても、少し触れるだけでいい。未来を変えて、帰りに電車に轢《ひ》かれる運命に僕を導くことだってできるのだ。

絶対に嫌だ。死にたくない。こんなことで死にたくなんかない。僕はこれから社会に出て、ひとり暮らしを始めて、社会福祉の勉強を活かして少しでも多くの人が暮らしやすくなる社会に貢献したい。まだ死にたくない。

そこまで考えて、僕はハッとした。赤い風船のあの子も、そうだったのではないか。あの子は当時まだ五歳か六歳くらいだった。未来は真っ白で、無限の可能性を秘めていた。あの子だって、あんなに小さいのに死にたくなんかなかったはずだ。刃物で刺されながら、恐怖と痛みの中で、朦朧《もうろう》とする意識で思っただろう。「まだ死にたくない」と。

僕はそんな彼女を見殺しにした。自分を守るために、あの少女に降りかかったであろう危険を見て見ぬふりしたのだ。それなら、僕は。

「明日も、会いに行こう」

布団の中で、決意の言葉を絞り出した。声に出さないと、この気持ちさえもごまかしてしまう気がしたのだ。あの少女をあのとき救えなかった、せめてもの償いだ。僕は千夜子さんのところへこのまま通う。そして、少女殺しの真相を突きとめるのだ。

翌朝、出かけようとした僕を和希が引き止めてきた。

「今日もバイト行くのかよ」

「うん。出たら出ただけ給料もらえるからね」

見張られているかもしれない、命さえも狙われているかもしれない、とは和希には言えない。和希は不機嫌な顔で僕を睨んだ。

「昨日めちゃくちゃ具合悪そうだったじゃん。今も寝不足っぽい顔してる。そうまでして行かなきゃならないバイトか？　雑用の仕事だとか言ってたけどさ、兄ちゃんなんてたいして戦力にもなんないだろ。休んだって誰も困んねーよ」

玄関までついてきて、しきりに僕に嫌味を飛ばす。

「そんな顔して行ったら、バイト先で迷惑かけるぞ。『休んだら迷惑』って考えかたの奴って、逆にそういう配慮が足りない」

いつもは僕のことなんか興味がないくせに、今朝はずいぶんとうるさい。昨日の夕方、ふさぎ込んでいた僕を見て不安になったのかもしれない。それでも、僕は弟を無視してでも千夜子さんのところへ行かなくてはならなかった。もう逃げない。僕はあの少女の無念を晴らすためにも真実を知らなくてはならない。そのためにあの場所に通い続ける。

まず大前提として、こちらから写真のことに触れてはいけない。千夜子さんからなにか見たかと尋ねられたら、書斎には入っただけでなにも触っていないと言い張ろう。記憶を覗き見されないように、体温に触れさせない。見たことがばれたら、即刻アウトだ。

調査の方法は、書斎の探索に尽きる。あんな決定的な写真があったのだ。あそこにはまだなにかあるはずだ。そうでなくとも、あそこは情報の宝庫である。例の事件の記事、犯罪者の心理に触れるテキストと、惨殺事件のピースになるものがいっぱい転がっている。

幸い、最近千夜子さんの眠る頻度は高い。しょっちゅう眠る上に、その眠りの深さも出会った頃に比べて深まっている。僕がこれまでなにも気がつかなかったから、アホそうだと思って油断しているのかもしれない。千夜子さんが起きている間は、とにかく写真のことから話題を逸らし、そして僕に触らせない。眠ったら、書斎を調べる。殺される前に、真相を突きとめる。

そうして僕は、今日も千夜子さんの庭に来た。自分も死ぬかもしれない。それでも、ギリギリのところで駆け引きに出たのだ。

「あら、今日は早いわね」

千夜子さんはいつもどおりに縁側で寛《くつろ》いでいた。本人を前にすると、途端に心臓が跳ね上がった。イメージトレーニングをしていても、全部吹っ飛びそうになる。

「はい、今日は廃墟のままの部屋を全部きれいにしたいなって思ってるんですよ。窓割れてるとことか、床に穴が開いてるとことかも直したいんです」

胸がばくばくしているのを悟られないよう、なるべく自然な口調で言う。千夜子さんは困ったように笑った。

「そんなに頑張らなくてもいいのよ？　どうせそのうち、また空き家になるんだから」

そのうちって、なんだろう。僕を殺したら、ここから逃げるのだろうか。いや、むしろ証拠隠滅のためにこのボロ屋ごと燃やすことも考えられる。僕はそんな嫌な発想をいったん振り払い、縁側で千夜子さんと肩を並べて座った。

「じゃあちょっとゆっくりしようかな。暑くて暑くて、ここに来るだけで汗だくです」

庭に蟬の声が満ちている。ほのかに香る迷迭香が鼻孔を擽った。真夏の陽炎が、庭の木々をゆらゆら揺らめかせる。

「昨日……」

千夜子さんが口を開く。僕はぴくっと身じろぎした。即座に構えてしまったが、千夜子さんは穏やかな顔で穏やかな声を出した。

「昨日、お菓子を食べ損ねたわね。今から食べない？」

「そうでしたね。いただきましょうか」

千夜子さんも、書斎でなにか見たか、などとは聞いてこなかった。千夜子さんは縁側から立ち上がると、客間に引っ込み、戻ってきた。手には袋に詰まった鈴カステラを持っている。千夜子さんは僕の隣に腰をおろし、カステラの袋を開けた。ころころした黄色と茶色のカステラが顔を覗かせる。僕はその丸い形を眺めていた。

庭で雀が鳴いている。茶色い背中をちょこちょこ弾ませ、砂利の上を跳ねていた。千夜子さんが鈴カステラを口の中に放り込む。僕は浅めに息を整えて、その横顔にそっと問いかけた。

「千夜子さんは、あなたの力を頼りに来る人たちのこと、どう思ってるんですか？」

これは、初めてその能力を見たときから疑問に思っていた。

過去を忘れて未来を変えたいと考えている人を、本気で救いたいと思っているのか。だとしたらどうして彼女のもとを訪ねた人々は、次々に苦しむ結果になるのだろうか。千夜子さんが意図的に、そんな未来に変えているのではないか。

考えてみたら、本人たちの希望に沿った未来に変えているという保証は、どこにもないのだ。いたいけな少女を殺すことに躊躇《ちゅうちょ》がない人ならば、おもしろがって人を苦しめている可能性は十分にある。

千夜子さんは、庭の緑に眩しそうに目を瞑った。

「何度も言ってるじゃない。私はちゃんと、彼らの望んだチャンスを与えてる。人殺しに成功した人も、オーディションの話が来た人も、お望みどおりのチャンスを得ているでしょう？　例えるなら、欲に溺れている人に私は船を差し出しているの。でもどんなにいい船でも、操縦できなければ転覆する。それだけのこと」

わざと泥舟を差し出して、沈めているんじゃないですか。そんな疑念が声に出そうになって、僕はのみ込んだ。千夜子さんは庭の雀を微笑ましそうに眺めていた。

「でも、そうね。これははっきりと申し上げておくわ」

僕は、軒の影が落ちた千夜子さんの白い肌を見ていた。千夜子さんがしっとりと、静かな声を出す。

「私はお客さんたちが嫌い」

彼女は直球に、そう言い切った。

「自分の将来のことなのに、他人の超常の力に頼ろうとする浅はかさ。愚かだとしか思わないわ」

淡々とした口調は、酷く冷徹に聞こえた。やはり、この人はお客さんをあえて不幸に陥れているのか。

そして僕は思った。この人なら、僕のことも躊躇なく殺すだろうと。

「千夜子さんは、強いですよね」

僕は鈴カステラをひとつつまんだ。

「超能力者だから、いくらでも他人をねじ伏せられる。だから余裕がある。芯があって、決定力があって、凛としてるんですね」

自然と、そんな言葉が出ていた。千夜子さんが同じく鈴カステラを手に取り、口の前で止める。

「そんなことないわ。能力は便利だし、他人の弱みを握るのには最適だと思う。でも他人が見せたくないであろうものまで見えちゃうのって、やっぱり申し訳ないものよ」

千夜子さんが鈴カステラを見つめる。雀がもう一羽、どこからか飛んできた。庭でチュンチュン鳴いている。

千夜子さんが僕を雇った最終的な目的は、僕の殺害なのだろうか。隣にいる人が涼しい顔をしてそんな計画を隠し持っているのかもと思うと、鳥肌が立つ。

「千夜子さん、僕、以前どうしたら十野の記憶を完全に戻してもらえるか聞いたじゃないですか。そのとき千夜子さんは僕次第だって答えて、そのくせなにをしたらいいのか具体的には教えてくれませんでしたよね」

目撃者である僕を、十野の記憶を餌にここにとどまらせ、殺す機会を窺っている。そんな考えが固まりつつあるのだけれど。心のどこかではまだ、そんな猟奇的な話ではないと信じたかった。

「いつまでバイトをしていればいいんですか。ひとり暮らし開始の資金が貯まったとしても、十野の記憶が戻らないとやめられない。考えたけど、ミッションがなんなのか、さっぱりわかんないんですよ。ヒントをもらえませんか？」

千夜子さんが僕に求める、なにか。それは僕の今の考えでは、あの事件が関係している気がしてならない。でも僕は、なにも知らないふりをした。

「廃墟部屋を全部きれいにすればいいですか？　それともめちゃくちゃおいしいご飯を作ったらいいですか？」

一縷《いちる》の望みをかけて、素知らぬふりして尋ねた僕を、千夜子さんは妙に冷めた目で見ていた。彼女がなにか、言いかけて、結局口を閉じる。鈴カステラをもうひとつ取って、ぼうっとその色を確かめてから、彼女は急にこちらを向いた。

「あのね慧くん、私は意地悪なの。こんな便利な助手を手に入れて、簡単に手放すわけないでしょう？」

にこっと笑って、答えをはぐらかす。僕はさらにしつこく聞いてみようと身構えたが、千夜子さんの行動の方が速かった。

「それよりあなた、昨日私の書斎にいたわよね。なにかおもしろい本はあった？」

こちらが切り出したくない話題を、ストレートにぶつけてきた。僕は一瞬で背中に汗をかき、千夜子さんの黒い瞳から顔を逸らした。

千夜子さんも探りを入れてきたか。僕があそこにいた以上、彼女もあの写真を見られた可能性を疑っている。僕は彼女と目を合わせずに答えた。

「いえ。掃除を始める前に千夜子さんからお呼びがかかったので、なにも触ってません」

あそこで見たものを、口にしてはいけない。あの写真を見たと確信させてしまったら、きっと生きて帰してもらえない。ここはなにがなんでもしらを切りたい。しかし千夜子さんには、お見通しなのかもしれない。彼女の笑顔が、視界の端に見える。心臓が波打つ。千夜子さんの手が、すっとこちらに伸びてきた。

「本当に？　少し、記憶を見せて」

瞬間、僕は身を引っ込めて千夜子さんの指を避けた。記憶を覗かれたら、昨日の写真を見たことがばれる。避けた勢いのまま縁側の床に激しく手を突いたせいで、ドンッと音が響いた。音に驚いた雀が、パタタと羽音を立てて飛び立つ。

千夜子さんは手を空中で止め、僕は冷や汗を垂らして床の木目を見つめた。僕の息遣いと蟬の声が、静寂の中でやけに大袈裟《おおげさ》に聞こえる。僕は、慎重に声を絞り出した。

「き……記憶消されて、給料のこと忘れさせられたら、嫌なので」

反射的に大きく避けてしまったので、疑われたかもしれない。その焦りが、僕に下手な言い訳をさせる。千夜子さんは、いたずらな子供みたいに唇を尖らせた。

「まだそのこと怒っているの？　もうしないって約束したじゃない」

そして彼女は、浮かせていた手を膝に戻した。

「あなたは嘘が下手ね」

その柔らかな声が、僕を余計に焦燥させる。僕の下手なごまかしなんて通じない。とっくに見破られている。

「千夜子さん、あなたは……」

僕をどうする気ですか。どうしてあんな写真を持っているんですか。あの少女になにをしたんですか。

いっそのこと覚悟を決めて、本人から全部聞いて逃げられるところまで逃げようか。そう考えた矢先だった。

「お姉さん、運命屋さんですか」

庭の入り口から、あどけない声がした。僕はハッと顔をあげ、千夜子さんも声の方に目を向けた。

「記憶を消して、願いを叶えてくれる人がいるって、クラスの友達から聞きました」

庭の前に立っていたのは、幼い男の子だった。小学校低学年くらいだろうか。ふわふわした髪の、おとなしそうな顔つきの子である。両腕で大切そうに、ダンボールの箱を抱えていた。千夜子さんはつい先程まで僕に向けていた目線を少年に移した。

「いらっしゃい。私が運命屋さんよ。坊やどうしたの？」

千夜子さんが手招きする。少年はきょろきょろと庭の入り口から周囲を眺め、ぺこりとお辞儀した。

「お邪魔します」

丁寧に挨拶して、少年が狭い歩幅で歩いてくる。近づいてきて気がついたのだが、その瞼は赤く腫れていた。

「運命屋さん、僕の記憶を消してください」

少年がぎゅっとダンボールの箱を抱きしめる。僕は泣き明かした目の少年を見て、こんな小さい子も千夜子さんを訪ねてくるのか、と驚いていた。千夜子さんは歩いてくる少年に向かって少し前屈みになった。

「どうして、そんなことを言うのかな？」

縁側の千夜子さんの真正面に立った少年を、上目遣いで覗き込む。いつもよりゆっくりの話しかたで問いかけた千夜子さんに、少年はダンボールをそっと差し出した。その中が、千夜子さんの横にいた僕にも見えてしまった。

「ニャオを生き返らせてください」

そう言った少年の抱いたダンボールには、黒い毛の塊が入っていた。つやつやしたきれいな毛並みが、日差しを受けてほんのり焦げ茶色に光っている。

「僕の記憶、全部なくなってもいいから、お願い、ニャオを生き返らせて……」

ピクリとも動かない黒い塊に、ぽたっと雫《しずく》が落ちる。腫れあがった少年の目から、涙が溢れ出していた。僕は思わず、中途半端に目線を外した。少年の願いが直球に突き刺さって、直視できない。

「あらあら、そういうことだったの」

千夜子さんは長い睫毛を伏せて、ダンボールの中を覗いていた。

「でも、ごめんね。私は願いを叶えると言っても、過去を改竄《かいざん》することはできないのよ」

少年が目を剝いて、甲高い声で訴える。

「ニャオは生き返らないの？　僕の記憶、全部あげるのに？　どうしてもできないの？」

「そうね。それはできないわ」

千夜子さんは指を伸ばし、箱の中の黒い猫を撫でた。少年が唇を噛み、涙を零す。

「どうしたらいいの……。どこへ行ったら、ニャオが帰ってきてくれるの？」

「申し訳ないけど、誰にもできない。仮にそんな能力の人間がいたとしても、死者の蘇生は決して許されないわ。それは生命への……ニャオちゃんへの冒瀆《ぼうとく》になってしまうの」

千夜子さんが答える。蟬が鳴く庭で、少年がぽろぽろ泣いている。箱の中には、横たわる黒い猫。僕は眩しい日差しに、目が眩《くら》んだ。この感傷の中で、気の利いた言葉ひとつ思い浮かばなかった。少年が震えながら、黒い毛皮に涙を落とす。

「ニャオは僕のいちばんの友達なのに。ニャオが死んじゃったら、この先僕はどうやって生きていけばいいの……」

「そうね、大事な存在を喪《うしな》ったら、悲しみに押し潰されそうになるわよね」

千夜子さんはまだ、箱の中に指を入れて毛並みを優しく触っていた。嗚咽を洩らす少年が、箱を胸に強く抱き寄せた。

「じゃあ、僕の未来、変えてください」

少年の涙が黒い柔らかな毛を濡らしている。

「僕の中のニャオと過ごした記憶、全部、一生忘れないようにして。それ以外の記憶は全部なくなってもいい。ニャオのことだけ覚えていられればいい……！」

「そんな！」

僕はようやく、声を出した。

「だめだよ、ニャオのことが大事なのはわかるけど、他の記憶を全部消しちゃうのはだめだ！　お母さんやお父さんや、お友達のことも思い出せなくなっちゃうんだよ」

前途ある少年に、そんな決断はさせたくない。しかし少年は高い声を張り上げた。

「うるさい！　どうせ『猫なんかのために』って思ってるんだろ。僕にとってはニャオは大事な親友で、家族で、いちばん僕のことわかってくれるんだ！　僕にはニャオしかいないんだ！」

魂から叫ぶような声に、僕は圧倒された。

「でも……君には未来があるんだから……！」

「お兄さんにはわからないよ！　ニャオがいない世界なんて、僕にはなんの価値もないんだ！」

この子にどんな背景があって、ここまで言うのかはわからない。でも、このまま少年の言うとおりにしてはいけないのだけはわかる。猫との思い出だけにとらわれて、未来に進めなくなるのは違う。僕が狼狽《ろうばい》しているうちに、千夜子さんが言った。

「私は、坊やのお望みを叶えてもいいと思ったわ」

彼女の指は、依然としてその黒い毛並みを撫でている。

「あなたの生まれてから今までの記憶は、時間にして十年足らず。消えるのは目で見た記憶だけ。忘れてしまっても、たったそれだけの年月ならまた新しく覚えればいいことしか見ていないでしょう。あなたには未来がある。だからこそ、消えたものは取り返せばすむものね」

「千夜子さん！　あなたはまた、そうやって……！」

僕は彼女に、軽蔑の目を向けた。こんな幼くて健気《けなげ》な少年にまで容赦しない、千夜子さんの人格を疑う。

「この子は悲しみのどん底で、判断力が鈍ってるんです！　いったん落ち着かせて、記憶なんかいじらずにおうちに帰すのが大人の役目じゃないですか⁉」

「悲しみのどん底というものは、そう簡単に帰ってこられる深さではないのよ」

千夜子さんは、ピシャリと言った。僕は言い返そうとしたが、なにも言葉が出なかった。

この少年の言うとおり、僕はわかっていないかもしれない。這い上がることのできないほどの悲しみを、まだ知らないかもしれないのだ。

千夜子さんは、ダンボールから少年に目を移した。

「ニャオちゃんが亡くなったの、ついさっきなのね。体がまだ温かいわ」

僕を制した声とは違う、柔らかな声色だった。

「ほんの少し……もう体温が消えかけているけれど、こうして触っていると、この子の記憶が見えてくる……」

僕はそれを聞いてハッとした。千夜子さんは、僅かに残った猫の体温から、猫自身の記憶を覗いていたのだ。

「坊やの笑顔ばかりが見えてくる。いつも一緒にいたのね。とてもかわいがってもらってる。……とても美しい、幸せな記憶」

瞼を閉じた千夜子さんは、うっとりと浸るように言った。

「私にはこの子が見たものが見えるだけだから、この子の感情までは伝わってこない。でもその気持ちを知りたくなってしまうくらい、愛されているのがわかる。本当に、本当にきらきらしたきれいな記憶ばかり……」

「それが……ニャオの記憶？」

少年は、驚いた顔で首を小さく傾げた。千夜子さんが目を開ける。

「猫ってね、嬉しかったことしか覚えていない生き物なのよ。嫌なことはさっさと忘れてしまうの。だからニャオちゃんの記憶は、坊やと過ごした幸せな時間で埋め尽くされてるのね」

彼女は泣き顔の少年に、ふんわりと微笑んだ。

「きっと最期の瞬間まで、あなたにそばにいてもらえて、あなたの顔を見ていることができて、幸せだったと思うの」

「ふ、うっ……」

少年が、嗚咽を洩らす。

「ニャオ、いちばん最期の一秒も、僕の腕の中で、僕のこと見て、ゆっくりまばたきをしてた……」

「ニャオちゃん、今頃坊やに『ありがとう』って言ってるんじゃないかしら」

千夜子さんがまた、黒い毛をひと撫でした。少年は箱の中を優しく見つめ、泣きながら笑った。

「僕も、思ってる。ニャオがいてくれて本当に幸せだった」

猫が幸せだったと決めつけるのは、人間のエゴでしかない。それでも、残された人間はこうして受け入れるしかないのだと、痛感させられた気がした。

「坊やがそんなにこの子を大切に思っているのなら、私が運命を変えなくても、坊やがニャオちゃんのことを忘れてしまうことはないんじゃないかな」

千夜子さんがちらと少年を見上げる。

「記憶は劣化する。細かいことは忘れてしまうものよ。でも、同時に大切な記憶はどんどん磨きがかかって美しくなって、勝手に忘れられないものになっていく。ニャオちゃんが嬉しいことだけ覚えてるように、坊やもニャオちゃんとの楽しかったことだけ大事にしていれば十分だと思うのよね。坊やが他のことをすべて忘れてニャオちゃんとの記憶を全部残すとして……そんなのを、ニャオちゃんは望んでるかしら？」

ハッとする少年を見据え、彼女は確かめるように問うた。

「どうする？　他の記憶、全部消す？」

その問いかけに、少年は目を伏せた。しばらく、箱の中の大切な親友を見つめ、意を決したように首を横に振る。

「やっぱ、いいです。たぶんも僕は、ニャオのこと忘れないし、大好きなこともずっと変わらないから」

「そう。わかったわ」

千夜子さんは、にっこりと優しい笑みを見せた。少年も、涙を浮かべたまま目を細める。腫れた瞼と真っ赤な頬を涙でぐちゃぐちゃに濡らして、下手くそに笑っていた。

結局少年は、千夜子さんに触れられることなく庭を出て行った。千夜子さんに深くお辞儀をし、それから庭の外まで出るまでに、何度も振り返って頭を下げていた。

縁側でうとうとしている千夜子さんを横目に、僕は鈴カステラを手に取った。あの少年にかけたかった言葉は、僕にはうまく見つけられなかった。だが、しどろもどろしていた僕の代わり、千夜子さんが上手に言ってくれたのだった。

千夜子さんは赤ん坊のようにうたた寝している。僕は軒で半分に切断された太陽を見上げた。

「そういうことも、あるんですね」

彼女はいつも、縋りついてくる人の未来を変えていた。欲に溺れた人に泥舟を与え、沈んでいく様子をおもしろがっているようにすら見えた。でも、今回は違う。運命を動かさず、少年自身に未来を委ねた。

いきなり、千夜子さんが目を開けた。

「ん？　あるわよ、気が向かないときくらい」

「わっ、びっくりした。寝てると思った」

ひとり言に返事をされた僕は、驚いて仰け反った。姿勢を整えて、手につまんでいたカステラを口に放り込む。

「千夜子さんは、あなたに縋りついてくる人のことが嫌いだって言ってたから。全員突き放して、不幸に陥れて楽しんでるのかと思ったんですよ。わざと逃がすケースもあるんだなって、驚いたんです」

「慧くんにはそんなふうに見えてたの？」

千夜子さんがむっすり眉間に皺を作る。

「酷い。あまり感情移入すると振り回されてしまうから、冷静に振る舞っているだけよ」

千夜子さんは再び眠たそうに目を瞑った。

「でも、言われてみればそうよね。私がどんな未来に変えたかなんて、慧くんにはわからないもの。私がわざと最悪な未来をプレゼントしてるのかもと、疑う気持ちはわかるわ」

午前九時の空の高い太陽が、庭の木々を照らしている。いつの間にか、雀の群れが再度集まってきていた。

「他人の超能力なんかを頼って、昨日までの自分を信じない人間は、たとえ私が手を貸したところで簡単に成功する未来なんか手に入らないのよ。そのあと本人が、どうするか。いつも言ってるとおり、私はチャンスを与えるだけだもの」

千夜子さんは後ろに手をついて、くたっと肩の力を抜いた。

「経験してきたことのすべてを共にしているのは、過去の自分だけ。過去の自分は裏切らないし、言い訳もさせてくれないわ。今を過去にして、過去の自分を積み重ねて、未来は作られてる。過去にとらわれてはいけないけれど、簡単に捨てていいものでもないの。それは自分自身なのだから。っていうと、くさいかしら？」

日の光が縁側に差す。蟬の声が拡散している。

「過去と未来は人の手で無理な方向に捻《ねじ》曲げるべきではない。でもそれを捻曲げてしまうのが、私の能力なのよ」

僕は黙って、千夜子さんの眠そうな顔を見ていた。

そうか、今の僕を形作るのは過去の僕自身だ。過去のことを自然に忘れてしまうことは仕方ないことだが、いらないものとして捨てて、未来を変えたいというのは間違っているのかもしれない。過去に見てきた景色というものは、未来のためだとしても軽率に捨てていいものではないのだ。今、そして未来は、その過去と共に積み重ねてできているものなのだから。

「そこまでわかっていながら、なぜあなたは運命屋なんて形で、人々の未来を変えているんですか？」

「求められているから。いつかこの能力のお陰で、救われる人が現れたらいいなと思っているから……。それと、これくらいしか私にできることがないから、でもあるわ」

千夜子さんの閉じた瞼に日差しが降り注ぐ。睫毛に日の光が当たって、小さな光がきらきらしていた。

僕はますます、千夜子さんがわからなくなった。

あの少年にあんな言葉をかける姿、こうして語る正論、どこか憂いを帯びた瞳。それはとても優しいものに見えるのに、この人は遊園地の少女の惨殺死体の写真を持っている。あの事件に関わっていることは、まぎれもない事実で、そのことで僕に探りを入れてきたのも、確かなことで。

この人が、わからない。信じていい人だとは思えないのに、恐ろしい人だとはわかっているのに、どうしてか、僕はこの人を本気で憎めない。

「いい天気ね。お昼寝しようかしら」

千夜子さんは、うとうとしていたついでに体を床に倒した。僕はそのひなたぼっこする猫のような仕草を、横で見ていた。

「慧くんも、たまにはどう？　縁側でのお昼寝、気持ちいいわよ」

「僕は掃除をして、そのあと昼食を作りますので。なにか食べたいものありますか？」

「うーん、おいしいもの」

「そういうの困りますから」

眠たそうだった千夜子さんは雑な返事をしたきり、そのまま希望をなにも言わず、沈むように眠りに落ちてしまった。ハーブの匂いの風が吹く。千夜子さんの長い髪の毛束が、はらりと崩れた。

「千夜子さん、前よりよく眠るようになってませんか？」

僕は返事のない千夜子さんに尋ねた。千夜子さんはぐっすり深く眠っていて、僕の声など届いていない。眠っている千夜子さんは、呼吸が細くて息が止まっているように見える。砂浜に打ち上げられて死んだ魚みたいだ。

出会ったときより、千夜子さんが眠っている時間が増えている気がする。眠りに落ちるまでの速さもあがっている。例の能力を使うと疲れてしまうからだと言っていたが、最近はとくによく眠る。今回なんて、猫の記憶を見ただけで消したりはしてないのに、ストンと眠ってしまった。

「この頃、やけに疲れやすくなってませんか？」

僕のそんなぼやきも、夢の中の千夜子さんには聞こえていない。僕の声は誰にも受け止められることなく、真夏の庭の中に消えた。

千夜子さんが眠ってなかなか起きないことを確認した僕は、彼女と食べかけの鈴カステラを縁側に残して立ち上がった。今なら、あの書斎を調査できる。家主が寝ている隙に家宅捜索するというのは姑息な感じがして嫌だし、かなり罪悪感がある。だが、そんなことを言ってはいられない。

千夜子さんが悪魔でないというのなら、あの写真はなんなのか。なぜ彼女が少女の遺体の写真なんか持っているのか。それを解明しないと、僕は彼女を信じることも、警察を呼ぶこともできない。僕が無視したあの少女の無念を晴らすためにも、僕は千夜子さんの正体を暴かなくてはならない。書斎の戸の前で、僕は小さな深呼吸をした。

「失礼します」

障子戸に手を添えて、そろりと開ける。覚悟を決めるように、声にまで出した。もう間に合わないことはわかっているが、せめて、僕のこのあがきであの少女に許してほしい。あの夏の日に救えなかった、せめてもの罪滅ぼしだ。

書斎の中は、相変わらずうっすらと埃っぽかった。左右の壁に張り付いた大きな本棚が圧迫感を誘う。床にまで広がった無数の本に、酔いそうになる。

まず僕は、昨日と同じハーブの図鑑を探した。もう一度、あの写真をよく確認したい。昨日はあんなものを見るとは思っていなくて驚いてしまったが、わかっている今なら少しは冷静に見られる。落ち着いてよく見てみようと思う。

ハーブの図鑑は僕が昨日差し込んだ場所から動いていなかった。千夜子さんが動かした形跡はない。息を殺して、背表紙に指を乗せる。図鑑を引っ張り出し、両手で持った。白い背景に緑色のハーブが印刷された、シンプルな表紙と向かい合う。僕はちらと千夜子さんのいる縁側の方向に目を動かしてから、慎重にその表紙を開いた。ページをパラリパラリと捲っていると、不意に白い長方形が現れた。僕が昨日挟み込んだ、写真の裏だ。

これが少女の惨《むご》い遺体を写したものだと思うと、裏返すのが怖くなる。それでも、僕は意を決して写真に指を伸ばした。端っこをつまんで、裏返す。

目に飛び込んでくる、真っ赤な血の海。わかっていたのに、目に映った瞬間一気に血の気が引いた。生気の失われた黒い目と、乱れた髪。小さな口の端から流れた吐血の跡、曲がった肢体、お腹から飛び出す、黒ずんだ臓器。血に染まった、ひまわり色。

息が苦しくなる。胸から熱くて質量のある嫌な感覚が込み上げてきて、喉が詰まってくる。僕があのとき、声をかけていれば……。その後悔が、何度でも僕をぶん殴りにくる。

「ごめんね……」

僕は写真の中の少女に、掠れた声をかけた。少女に声をかけていた人物を前に、僕は行動をためらってしまった。あのときの無性にぞわぞわする気味の悪さは今でも体に感覚が残っていて、思い出すたびに罪の意識に苛《さいな》まれる。そしてそのつど、「彼女は両親のもとへ無事に帰った、今頃幸せに暮らしている」と思い込むようにしていた。

でも、この写真を見てしまったら、もうそんな希望は通用しない。少女誘拐は〝可能性〟から〝真実〟に変わり、そしてその先の死までをも確信させられた。

「ごめんね。今度こそは、最後まで向き合うから」

僕は唾を飲み込み、再度写真と真っすぐに対峙《たいじ》した。

写真は、全体的に薄暗い。夕方の雑木林、木陰の下に掘られた五十センチもないくらいの、浅い穴の中だ。少女の遺体は、写真いっぱいに映っている。頭のてっぺんから足の先まで、すべてがすっぽりと写真の四角の中に収まっているのだ。芸術として映しているというよりは、記録のために撮ったという印象である。背景、というか、少女が寝そべる土には青いビニールシートが敷かれていた。少女の血液が青いシートの折れ目に合わせて広がっている。犯人は別の場所で少女を殺してこのシートで包み、ここに穴を掘って埋めたのだろう。

なにか他に気になるものは映っていないだろうか。息を静めて全体を目でなぞってみたが、映っているのはこれだけだ。これでは写真から場所の特定はおろか、千夜子さんと犯人の繋がりも見えてこない。

僕はいったん、写真を挟んで図鑑を閉じた。この写真以外にも、この部屋にはなにか秘密があるはずだ。千夜子さんが集めているこの書籍のすべてが、なにかを物語るものなのだ。

図鑑をもとの場所に戻し、本棚を見上げた。差さっている本の背表紙を見ると、誘拐事件や猟奇殺人を扱ったタイトルが多いのが窺える。こういう小説に触発されての犯行なのか、とも思ったが、千夜子さんの性格を考えるとどうもそうとは思えない。あの人は意思が固くて自我を曲げない。フィクションに憧れて人を殺してしまうような浅さは、ちょっと考えられない。

他は、やはり目立つのは雑誌と古新聞である。どれも日付は十五年前、見た感じでいちばん新しいのは十四年前の春のものだった。僕はいちばん手近にあった十五年前の夏の雑誌を取った。その年の秋、その年の冬、次の春と、大まかに手元に集めておく。考察はあとだ。まずは全体を把握しようと思う。手始めに僕は、いちばん古い十五年前の八月の中頃の雑誌を開いた。

十五年前の夏。最初の方は芸能ニュースのページばかりで、今ではあまり見かけなくなった芸能人の話がおもしろおかしく取り上げられている。『行方不明』の文字が躍っていたのは、そこから半分くらい先だった。小さめのスペースに書かれた、行方不明の少女の捜索を呼びかける記事である。

ざっくり目を通すと、ビスケットパークの写真が白黒で映っており、ここで少女が迷子になったまま見つかっていないというような内容が書き連ねられていた。見つけたら連絡をくれという文言と共に、少女の顔写真が掲載されていた。カメラに向かって満面の笑みを咲かせ、両手でピースする無邪気な少女の姿だ。大きな黒い瞳の、かわいらしい女の子である。名前は、『西園寺《さいおんじ》零華《れいか》』。品のいい、きれいな名前だ。

次の週の号で、事態は急変した。行方不明の少女の件は、表紙にも見出しが大きく書かれるほどのニュースになっていたのである。少女が惨殺遺体で見つかった。その時期が、この秋のことだった。

ビスケットパーク付近のコンテナ倉庫に、血痕が見つかった。そしてそこから二キロ離れた山の中に、少女の遺体が遺棄されていた。遺体の状態は凄《すさ》まじく、体が無残に切りつけられ、何度も刺され、恐怖におののいた顔で捨てられていたのだと報じられていた。

僕は閉じたハーブ図鑑の背表紙に目をやった。あの写真は、この山中の現場で撮られたものだ。別の場所で殺して、この場所に運んで埋めた。

僕は何週間分かをざっくり飛ばし、秋の中頃の号を開いた。

さらっと斜め読みした様子では、容疑者らしき者は数名浮かび上がったが、どれも証拠は不十分で、決め手に欠けるのだという。候補として浮上した人物は、近所にいたホームレス、別件の強盗容疑で逮捕されていた者や、大企業の次期社長候補などさまざまだ。週刊誌はまるでそれをサスペンスドラマかなにかのように盛り上げ、少女の生い立ちや通っていた小学校など、嘘だか本当だかわからない記事を載せていた。容疑者の中に、千夜子さんらしき人物は見当たらなかった。ただし、彼女は人の記憶を操ることができる。記事に取り上げられる前に、忘れさせることができるのである。

秋の分を閉じ、その冬の分に差しかかる。冬になっても、犯人は見つかっていなかった。翌年の春には、もう記事の扱いも縮小していた。目撃情報を求める文もすっかり小さくなった。そしてこれより新しい雑誌、新聞は保管されていない。十四年前の夏までに、この事件は世間から忘れ去られたのだ。

これだけ騒がれていた様子なのに、他のニュースに塗り替えられて呆気なく風化してしまったようだ。一年経たないうちに記事が絶ち消えて、犯人逮捕の情報が載っているものがないということは、いまだ犯人は捕まっていないということだ。

事件がフェードアウトしたのは、金持ちの千夜子さんの家が莫大な金でもみ消したとも考えられる。権力者と繋がるような家系に生まれている彼女だ。十分ありえる。

千夜子さんは年齢不詳だが、見た感じ二十代の後半から三十代前半くらいだ。事件は十五年前だが、当時十代後半で、見た目が今とあまり変わっていない可能性もあるし、異様な能力を持つ彼女なら歳を取らないということだってあるかもしれない。

犯人が明らかにならないまま十五年の時が経ってしまった。このままこの事件は未解決事件として封印されるところだった。しかしそこへ、犯人を目撃した記憶のある僕が現れる。千夜子さんは、目撃者を野放しにしないために、僕を助手として迎えた。

そう考えていたのだが、やはり疑問が浮かんだ。

目撃者が邪魔だったというのなら、なぜ今まで僕を助手にするだけでなにもしてこなかったのだろう。僕の記憶を消すチャンスはいくらでもあったし、こちらが油断している隙に殺すこともできた。この家は、ネットで噂になってそこそこの来客があるとはいえ、いつでも人の目があるほどではない。僕をひっそり殺して庭にでも死体を埋めて、千夜子さん本人はこのボロ屋から立ち去ってしまえばいい。空き家になってもここの所有者は千夜子さんの実家なのだから、勝手に調査に入られてしまうこともない。僕がここでバイトしていることを知っている十野については、また記憶を消してしまえばいいのだ。

それなのに、なぜ僕は今のところなにもされていないのだろう。それどころか千夜子さんは、僕がこの書斎に入り込むことを想定している様子すらあった。「嘘が下手ね」と笑った彼女は、僕が昨日ここで写真を見つけたことまで気づいたのかもしれない。しかし本人は、悠長に眠っていて現状入り放題、調べ放題だ。

そこまで考えて、僕は一度週刊誌を閉じた。

「千夜子さんは、僕がここを調べることをわかっていて、わざと泳がせているということか？」

整理したくて、無声音で呟いた。あの写真よりさらに決定的ななにかがあって、僕がそれを見てから殺すつもりなのか。なんのために？　僕がどういう行動に出るかわからない以上、僕に殺意があるのなら早めに殺した方がいいはずだ。

あの人の真意が摑めない。なにを考えているのか、まったくわからない。

「くそ……」

僕は本棚に額を寄せて、奥歯を噛んだ。十五年越しに、ようやくあの少女に贖罪《しょくざい》できると思ったのに。ようやく自責の念から解放されると思ったのに。混乱して行き詰まって、僕は、なんて役立たずなのだろう。

でも立ち止まっている暇はない。今でこそ泳がされているが、僕はいつ殺されてもおかしくない。僕自身が死ぬまでに、なんとしてでも千夜子さんの正体を突きとめなくてはならない。そう誓ったではないか。先程はさらっと全体の流れを追ったまでだ。しっかり記事を読み込めば、ヒントが見つかるかもしれない。

僕はもう一度、本棚に目を走らせた。焦りを滲ませてなぞるうちに、ふいに桃色の背表紙に目が留まる。これだけ、雑誌や小説ではない。手のひらサイズのアルバムのようだ。僕は迷わず手を伸ばした。惨殺遺体の現場写真が、もっと出てくるかもしれない。ぐっと息をのみ、その表紙を捲って、僕は凍りついた。

「えっ……」

それは、残酷な写真なんかではない。花のようにかわいらしい女の子がふたり、並んで微笑む写真だ。幼い姉妹だろうか。顔立ちがよく似ている。片方は無邪気に両手でピースして笑っている、西園寺零華だ。あどけなくてかわいくて、心の澄んだきれいな笑顔である。黒真珠のような潤った瞳、桜の花びらを思わせる可憐な口元。

もう片方は、小学校高学年くらいの少女だ。こちらは少し不愛想というか、笑うことに慣れていない様子で不器用に口角を強張《こわば》らせている。表情こそ似ていないものの、ふたりとも黒い艶やかな髪はお揃いだった。なにより、僕を絶句させたのは、そのお姉さんらしき少女の存在だった。

黒真珠の瞳、桜色の唇。ずきっと頭が痛くなる。へたくそに笑う写真の中の少女と、縁側で眠るあの人の顔が重なる。

余計に混乱してきて、やがて僕の頭は完全に思考を停止した。

ふいに、縁側の方の障子戸がすうっと開く。

「慧くん」

涼やかな声と共に、黒くて長い髪が覗き込む。

「カステラ、もういらない？　私が食べちゃっていいかしら」

黒真珠の瞳、桜色の唇。

僕は、アルバムから顔をあげた。千夜子さんは散歩中の犬でも見たかのように、あら、と優しく笑いかけた。

「懐かしいわ。その子、私の妹なのよ」

開け放たれた障子戸の向こうから、夏の風が吹き込んでくる。ほんのりと迷迭香の匂いがして、僕の頭をさっぱりさせた。

「……えっ……」

心臓が、止まったと思った。

妹？

愕然《がくぜん》とする僕を、千夜子さんは微笑んで見ていた。

「六つも歳下でね、とってもかわいがっていたのよ。興味を持ってもらえて嬉しいわ」

まだ、僕の中では整理がつかなかった。千夜子さんが微笑む。

「零華はね、私と同じ血を引いていながら、運命屋の素質がない子だったの」

彼女は風に吹かれる髪を靡かせ、懐かしそうに話した。

「他人に触っても記憶を見ることはできない子で、だから当然、記憶を消すこともできなくて運命の流れを変えることもできなかった。つまり、普通の女の子だったのよ」

僕は、なにも言えなかった。ただアルバムを手に佇んでいた。千夜子さんがおくれ毛を細い指で掻《か》き上げる。

「でも私は幼い頃からこんな能力を持っていて他人と違ったから、暗く塞《ふさ》ぎ込んでいたわ。そんな私を見ていたからか、零華は私を元気づけようとする、天真爛漫な子だった」

そして、困ったように笑う。

「その零華が、あんなことになってしまうなんてね……」

微笑んではいるけれど、その瞳は憂いに沈んでいた。僕は徐々に冷静になってきた。

ひとつずつ、事態を整理していく。この事件の被害者の少女、零華ちゃんは、千夜子さんの妹。つまり僕が十五年前に見たあの子は、今目の前にいる女性の妹だったのだ。

千夜子さんの光のない瞳が、恐怖とも同情ともつかない初めての感情を持った。胸がぎゅうっと苦しくなって、口の中が乾燥する。まばたきの仕方も忘れて、僕は千夜子さんのその表情に目を奪われた。

「それじゃ……この部屋にあるものは……」

「誘拐されて殺された零華のことを、独自に調べていた資料よ。推理小説は、あの事件をモデルにした作品。犯罪心理学のテキストは犯人の行動を分析するために用意した。ここはそういう部屋。零華のことを調べるためだけに、私はここでこんな生活をしているの」

『悲しみのどん底というものは、そう簡単に帰ってこられる深さではないのよ』

千夜子さんが、黒猫を亡くした少年が来たときに放った言葉だ。あのとき千夜子さんは、大事なものを喪ったその悲しみを、誰よりも知っているように話していた。

千夜子さんは犯人と繋がっていたのではない。逆に、〝こっち〟側の人間だったのだ。

「待って、でも僕の記憶では、零華ちゃんを連れ去ったのは……！」

額を押さえて叫ぶと、千夜子さんは苦笑いした。

惻隠《そくいん》や驚き、脳裏に浮かぶ明るい少女の笑顔、さまざまなものが僕の中でめちゃくちゃやに混じりあっていく。そして最後に残ったのは、心臓が潰れるほどの罪悪感だった。言わなくちゃ、という気持ちが、僕を埋め尽くしていく。

「千夜子さん、僕、零華ちゃんが……連れ去られるとこ……」

「ええ。わかっていたわ」

千夜子さんは、障子戸に背中を預けた。

「十野くんがスマホを落としたときだったかしらね。初めて慧くんに出会った日にあなたの手に触れて、一瞬、零華の姿が見えたの。だから私、とにかくあなたを調べようと思った。この子はなにか、あの事件を知っていると思ってね」

「やっぱり……そうだったんですね」

彼女がそばに置いて観察したかったのは、僕のこの記憶だったのだ。千夜子さんは開き直ったみたいに話した。

「この際だから全部話してしまうわね。あなたを調べるために、私はとっさに十野くんを人質に取ったのよ。まず慧くんを確保して、もう一度記憶を見せてもらうタイミングをはかった」

「掃除の途中で強引に僕の記憶を見ようとしたのは、それでだったんですね」

十野の記憶が消された直後で怖がっていた僕を無理やり丸め込んで、彼女はじっくりと僕の記憶を観察していた。あの頃からすでに、千夜子さんは僕を監視対象として捕獲していたのだ。

「そういうこと。再度よく見てみたら、慧くんの記憶には零華の姿がしっかり焼き付いていた。でも慧くんにとって零華の印象が相当強かったのか、肝心の犯人の顔が霞んでいてよく見えなかった。女だったように覚えているみたいだけれど、他の記憶と混同していて、男女の区別すらも曖昧だったわ」

千夜子さんの瞳が、僕を真っすぐ射貫《いぬ》く。

「もっとよく見せてもらうには、あなたに当時のことを思い出してもらうしかないと思った。だから長期戦に持ち込んだの。バイトを口実に、あなたの素性を調べようとした」

いったん十野を生活できるくらいに記憶を戻して、それでいて僕がここに来なくてはならなくなる理由を作った。僕はまんまと千夜子さんの策略に嵌まり、今日まで彼女の監視下にいたのだ。

「あなた、いつからか犯人像に私を重ねたでしょう？　それ以降、私でしか想像できなくなってるんじゃないかしら。でも、当時は私だって子供だったのよ」

千夜子さんのことだから、歳を重ねなくても不思議ではない。でもそれは僕の推測にすぎず、彼女はちゃんと、十五年前は少女だったのだ。

「記憶というものはとっても曖昧なものなの。『そうだったかもしれない』という情報が後付けで加わると、いとも簡単に映像が捏造されてしまう。慧くんがずっと覚えてる犯人の姿だって、どこかでとっくにすり替わってるかもしれないわ」

「じゃあ……あの写真は？」

僕は本棚のハーブ図鑑に目をやった。あそこに挟まった、零華ちゃんの遺体の写真。千夜子さんが被害者遺族だというのなら、なぜあんなものを持っているのだろう。千夜子さんははあ、と息をついた。

「あれはね、この事件の事実上の捜査打ち切りを伝えに来た刑事から奪ったのよ」

「奪っ……⁉」

「ええ。当時私もまだ子供だった。事件の翌年の年末、初雪が降った日に自宅に刑事が来て、父に捜査本部を畳んだという報告をしていたの。私は父や母が席を外している間に、一般人相手には禁じ手とされてきたこの能力で、刑事の記憶を覗き見した。そして彼が見ていた零華の遺体を映像で見て、気絶しそうになったわ」

彼女は淡々と答え、僕と同じようにハーブの図鑑を一瞥した。

「記憶の中で、この刑事があの遺棄現場の写真を手帳に挟んでいたのが見えた。それは彼のコートのポケットに入っていた。彼が帰る間際、私はコートから写真を盗み出したの」

「あれは警察が撮った現場の記録だったんですね」

「ええ。それから私は、警察の動きが鈍った分、自分で調べることにした。こうして雑誌や新聞を集めたり、あの日に遊園地にいた人がいないか、他人の記憶を勝手に覗いたりもした。でも、他人って結構周りに無関心なのよ。誘拐されている零華の姿をいちいち記憶に残してる人なんて、いなかった」

千夜子さんはいつもとあまり変わらない、おっとりした口調で話した。

「ところが、十五年もそうして調べていたことが、先月になって父にばれてしまったの。秘密とされてきた西園寺家の能力を使って一般人の記憶を見ていたことを、ひどく叱られてね」

彼女は僕の手から、そっとアルバムを取った。写真の中の無邪気な妹の笑顔に柔らかに微笑む。

「父は娘である零華がこんなことになっても、掟優先で能力を使おうとはしなかった。でも私は妹を殺した犯人のことは許せないから、反発してしまって……ついに追い出されてしまったのよ。だからいっそのこと開き直って、私はビスケットパークの近くのここで妹の情報を集めることにした」

千夜子さんがこんな廃屋に身を寄せた理由がわかった。能力を使ってしまって父親から追い出されたことまでは聞いていたが、それは妹殺しの犯人を探すためだったのだ。

「運命屋としてこんな商売をしているのも、その延長。もしかしたら妹を知る人に出会うかもしれない。だったらついでに、運命を変えることをお仕事にした方が効率がいい。結局、私も他人にあまり関心がなかったのね。自分の目的がいちばんで、お客さんたちのことを利用しようとしていた。まあ、誰も零華の記憶なんか持っていなかったけれど」

千夜子さんは、ちらと障子戸の向こうの庭に目を向けた。戸の隙間から、きらきらした緑が見える。

「この能力でどこかの誰かにいいことがあったら、まだ救いがあると思ってたの。でも残念ながら、慧くんにわざとと疑われてしまうほど、悲しい結末ばかり見る羽目になった」

「……その言葉、信じてもいいですか？」

僕は千夜子さんの伏せた瞳を見据えた。

「千夜子さん、お客さんがかわいそうなことになっても少しも悪びれないじゃないですか」

「ただ直視したくなかっただけよ。自分のせいだと思いたくないの」

千夜子さんの飾らない本音が、僕の胸にぐさりと刺さった。

自分のせいだと思いたくない。罪の意識を感じたくない。いっそ裁いてもらえれば楽になれるのに、中途半端に逃げ場があるから苦しみ続けている。僕自身も、あの少女に対する罪悪感をずっと押し込めてきた。

「そうならそうと、どうして言ってくれなかったんですか？」

僕の声は震えていた。

「いろいろ、わかんなくなっちゃったじゃないですか。零華ちゃんを殺した犯人が千夜子さんなんじゃないかとか、目撃者である僕のことも殺すつもりなのかとか」

「私も、慧くん自身が事件に関与している、犯人側の人間だと疑っていたからよ」

千夜子さんははっきり答えた。

「記憶の景色は、目線の低さで幼少期の記憶だとはわかった。十五年も前だしね。だから慧くん自身が殺したとは思わない。でも、犯人が慧くんの身内である可能性はある。目の前で誘拐が起きているのに平然と見ているだけということは、犯人の仲間だったと思えたからよ」

僕の心臓は、再びどきりとした。

「平然と、ではないです……！　どれだけ強く心に刺さってるか、わかりませんか？　僕はあのときなにもできなくて、それが今でも死ぬほど悔しいんです！」

「申し訳ないけど、あなたがどんな気持ちであの景色を見ていたのか、その感情までは伝わってこない。私にはあなたの視点で、客観的に景色を見ることしかできないの。極端にいえば、見慣れたものを見ているだけのようにも伝わってくるのよ」

千夜子さんはそう言って、睫毛を伏せる。

「何度か、あなたに触れて記憶を確かめた。思い出しそうな話を振ったりして、鎌をかけたりもした。でもいくら記憶を呼び覚まそうとしても、あなた、零華のことは覚えていても、犯人の顔はうろ覚えだったのよ」

「あっ……」

そうだ。僕は少女のことにばかり気を取られていて、犯人は〝彼女の知らない大人〟だったという感覚しか残っていない。

「これだけ曖昧なら、あなたにとってその人物は身近な存在ではないのかなとも考えたわ。だけれど、あなたが記憶を捏造しているという可能性も捨てきれない。なにかの弾みで正しい記憶を思い出しやしないかと、ずっと待っていたの。そのつもりだったのにミスリードして犯人像が私にすり替わっちゃったんだけどね」

千夜子さんの髪が微風に揺れた。彼女の手の中のアルバムも、パラと小さな音を立てる。千夜子さんは、初めから僕を怪しんでいたのだ。僕が妹殺しの犯人の仲間で、その秘密を隠していると睨んでいたのだ。あんなに朗らかに笑って話しかけてくれたのに、腹の中では僕の正体を探っていた。

「あなたが書斎に入って私と零華の関係に気づいたら、どんな動きをするか……それが最後の賭けだった。あなたは昨日慌てて逃げ帰ったから、やっぱり犯人の仲間だったのかなと思ってしまったわ」

「そんな、違います！」

刹那に叫んだ僕に、千夜子さんがまた笑う。

「わかってるわ。あなたはすごく嘘が下手だもの。そんな秘密を抱えて生きていけるタイプじゃない」

彼女がくすくすと唇に指を添えているのを見て、僕は浅く呼吸を整えた。

「……そうです、偶然、見てしまっただけです」

今でも覚えている。赤い風船と青い空、少女の無邪気な姿。

「本当は、すごく嫌な感じがしました。放っておいてはいけないって、わかってました。でも怖かったんです。零華ちゃんを連れ出したあの人は僕にとって、自分の理解が及ばない世界のものでした。得体の知れないものに近づくのは怖い。関わったら、もう今までどおりには暮らせなくなるような……そんな不安感で、動けなかったんです」

今まで誰にも言わずにいたことだ。自分自身に対しても、僕は悪くない、少女は無事だと言い聞かせて、本当の不安を押し潰していた。でも胸のどこかでは、ずっと思っていたことだ。それが今、千夜子さんを前に全部がまろび出ていく。

「ごめんなさい……！　僕のせいだ！　僕があのとき、ほんの少し勇気を出していたら、零華ちゃんはあんなことにならなかったのに！　怖い思いをして、痛い思いをして、あんなに小さいのに死んじゃうこともなくて、今も千夜子さんの妹として僕と同じくらいに成長してたはずなのに‼」

ぽつぽつと始めて、だんだん早口になり、最後は捲《まく》し立てるように叫んでいた。

「せめて事件解決に繋がるような記憶があればよかったのに！　僕は本当にグズだ！」

僕は目を強く閉じ、千夜子さんに深く頭を下げた。

「ごめんなさい千夜子さん！　ごめんなさい、零華ちゃん！」

「慧くん。あなたは十五年間、そうやって自分を許せないでいたのね」

頭上から、千夜子さんの優しい声がする。ぽんと、頭に柔らかな感触がした。千夜子さんの手のひらが、僕の髪に触れていると気づく。

「ずっと我慢してたのよね。慧くんが自分のことをだめな奴だと思い込んでしまうという……呪いのようなもの。過去の幼い慧くんがかけた、慧くんへの呪いだわ」

目を開けてみると、視界は歪んで本だらけの床がぼやけて見えた。

「もうそんなに自分を責めないであげて。私はあなたの中に残ってた零華の元気そうな姿を見せてもらえて、とっても嬉しかったんだから」

千夜子さんの声が、僕の胸に深く突き刺さっていた棘《とげ》を溶かしていく。目からぽろんと、雫が零れ落ちた。

「慧くん。零華のこと、ずっと忘れずにいてくれてありがとう」

溜まっていた澱《おり》が、浄化されるような感じがした。つっかえていたものが、ひとつひとつ解かされていく。僕は拳を握りしめて、腕で顔を覆った。

7章　遠い追憶の中に

夏の終わりが近づいてきている。夕方の涼しい時間帯になってくると、ヒグラシが鳴きはじめる。カナカナカナという寂しげな声は、自分の部屋に寝転がる僕の鼓膜を微《かす》かに撫でた。

あのあと千夜子さんは、僕に十五年前のその日のことを話してくれた。あの日は零華ちゃんの誕生日だったそうだ。零華ちゃんたっての希望で一日を遊園地で過ごし、遊園地の近くに持っていた別荘でケーキを食べてお祝いする予定だった。

「誕生日の朝、私は妹へのプレゼントに、ひまわりみたいな黄色のワンピースをプレゼントしたの。あの子すごく喜んでくれてね。さっそくそれを着て遊園地に出かけたの」

そう話す千夜子さんは、まるで妹さんがまだ元気に生きているかのように楽しそうだった。

「それが少し目を離した隙に迷子になってしまって……。私は母と一緒にあの子を捜しまわったわ。他人に『見ていませんか』と尋ねるたびに、この能力で記憶を見せてはもらえないかと思った。でも一般人の記憶を覗くことは、父が断固として禁じていたから……とても歯痒《はがゆ》かったわ」

僕は千夜子さんと一緒に縁側に座り、庭を眺めて彼女の思い出話を聞いた。

「閉園の時間になって、私たちは一度遊園地を後にした。別荘に戻って、私は妹のためのケーキを見て泣き崩れたわ。せめてこの能力を活かしてもいいと父が許可さえしてくれれば、最悪の事態は避けられたかもしれないのに」

想像するだけで、胸が痛かった。ぽつんと残されたケーキを前にした千夜子さんは、どれほど悔しかったことだろう。

「母から聞いたんだけどね。妹は、当時内気だった姉の私にも楽しんでもらいたいと言って、自分の誕生日なのに私にプレゼントを用意していたの」

そして彼女は、庭の奥に瞳を向けた。

「ローズマリー……迷迭香の種だったわ。幼稚園の先生からもらった大切な種だったそうだけど、それを私にくれるつもりだったんだって」

庭の隅で迷迭香が風に揺れる。ほんのりと涼やかな匂いが漂ってきて、僕の目の奥、喉、胸の中まで、ちくちく刺すように刺激した。僕は千夜子さんになにか言いたくて、結局言える言葉を見つけられなかった。

それから家に帰った僕は、自分の部屋のベッドに崩れ落ちた。枕に顔をうずめて、ゆっくりと呼吸を繰り返すだけの時間を、ただただ過ごした。そんな空白の時間でもないと、気持ちを整理できなかったのだ。

千夜子さんは、僕を殺そうなどとは微塵《みじん》も思っていなかった。僕の思い過ごしだ。でも、それよりももっと残酷な真実を知ってしまった。

千夜子さんはいつも微笑んだままで、悲しそうな表情を見せない。僕はそれを彼女が薄情だからだと思っていたが、きっとそうではない。千夜子さんは、泣き尽くしてしまったのだ。一生分の心の激情を味わった彼女は、表情の作りかたが狂ってしまった。怒りも悲しみもはっきりと示さず、思いきり笑うこともなくて、ずっと落ち着いているのは、おそらくそのせいだったのだ。

無言の静寂にじっと耐えていると、部屋の外から声がした。

「兄ちゃん、漫画、貸して」

扉をノックする音と、和希の声だ。

「あとにして」

起き上がるのも億劫《おっくう》で、僕は冷ややかに返した。和希が扉の向こうで声を静める。

「あのさあ。俺なりに兄ちゃんを心配してるんだよ」

「わかってるよ」

僕も弟を喪っていたら、千夜子さんのように心を閉ざしたかもしれない。和希の声を聞いて、そんなことを思う。当時小さかった弟のことを思い出して、ふっと、また十五年前の夏の景色が見えた。

僕はまだ六歳で、和希は二歳、父に抱っこされていた。父も母も、和希につきっきりで、たしか僕はちょっと目を離されていたはず。それで、風船が欲しくて両親からはぐれてしまい、迷子になったのだ。ひとりで困ってうろうろしていた僕を助けてくれたのは……そうだ、黒髪の女性だった。

改めて思い出したら、きれいな黒髪をした二十代くらいのお姉さんは、零華ちゃんに声をかけた人ではない。あれは迷子の僕を両親のもとへ送り届けてくれた人だ。もっと掘り下げると、彼女はふたりの姉妹を連れていた気もする。いや、これは千夜子さんの言う〝後付けの情報による記憶の捏造〟かもしれないが。

どうやら僕は、僕自身が迷子になった記憶と零華ちゃんがひとりになっていた記憶を混同していたようだ。これが勝手に脳内で映像化されて、真偽が曖昧になっているのである。当時僕は、零華ちゃんを連れ去った人物のことが恐ろしくて、一刻も早く忘れたかった。だから、他の人の姿にすり替わってしまったのかもしれない。

もう一度冷静に、目を閉じて思い起こした。あのとき僕は勝手に両親のそばを離れたことを叱られた。叱りすぎたと思った母は、「仕切り直し」と言って僕にポップコーンを買いに行った。瞼の裏に真っ赤な風船が浮かぶ。

白い入道雲がモコモコと浮かぶ夏の青空に、風船が飛んでいく景色。そばには観覧車がゆっくりと回っていて、僕の真上では緑の木の葉がさわさわ揺れていた。眩しい日の光に風船の輪郭が欠ける。僕は目を細めた。眩しいのに、赤い風船から目が離せない。僕も、あれが欲しかったのだ。

子供のはしゃぐ声がそこかしこから聞こえてくる。頭上からは蟬の声が降ってきていた。そこは遊園地の片隅、数メートル先の売店から鼻孔を擽るバターの匂いが漂ってくる。売店の真ん前は混んでいるから、僕は人混みから少し外れた、静かな木陰のベンチに座って休んでいたのだ。たしか横には、人の気配があった。それで、その人が急に立ち上がって……。

そこまで思い出したとき、僕はハッと目を見開いた。

翌日も、僕は千夜子さんの廃屋に向かった。昼過ぎまで十野の買い物に付き合って、千夜子さんの元へは夕方から行く。買い物ついでに、切らしていたたまごを買う。今日の夕食は、簡単にオムライスを作るのだ。それから、昨日食べ残した鈴カステラがまだあるから、それもおやつにつまもうかと考える。

　たまごを買った僕は、電車に揺られて夕焼けの下の千夜子さんの庭にやって来た。迷迭香の匂いがふわっと僕を包む。頭の冴える香りに、すっと身が引き締まった。千夜子さんが縁側にいないと思ったら、彼女は開け放たれた客間で座布団を枕にして眠っていた。僕は縁側からあがり込み、床に寝そべる千夜子さんに声をかけた。

「千夜子さん、お邪魔します」

「ん、あら慧くん。もうそんな時間？」

千夜子さんが目を覚ます。眠たそうに頭を上げた彼女を見おろし、僕は冷蔵庫にたまごを運んだ。

「眠そうですね。大丈夫ですか？　話の途中で寝落ちしないでくださいよ？」

たまごのパックをしまって冷蔵庫を閉じ、客間の千夜子さんを振り返る。

　お互いの事情を理解した僕たちは、これからは協力して零華ちゃんを殺した犯人を追うことにした。千夜子さんから彼女が調べた当時の記録を聞けば、僕がなにか新しいことを思い出すかもしれない。

「そうねえ、迷迭香の匂いを嗅いで頭をすっきりさせた方がいいかしら」

「近くで嗅いだら抜群《ばつぐん》に目が覚めそうですね」

フライパンに油を敷いて熱して、冷凍してあった鶏肉をレンジで解凍した。包丁を水で濡らし、玉葱の皮を剥いて、まな板に乗せる。

「これまでここに来た人たちの記憶を見ていて、零華ちゃんを見ていた人はいなかったんですか？」

「慧くんほど鮮明に残していた人はいないわ。ニュースで流れていた零華の写真を、なんとなく記憶の端っこに残している人がいたくらい。万が一あの日あの時間に遊園地で零華とすれ違った人がいたとして、知らない子供のことなんか誰も覚えていないわ」

座布団に乗せていた髪がくしゃくしゃに乱れて、千夜子さんはうっとうしそうに手櫛《てぐし》を通した。僕は玉葱に包丁を立てて、ザクリザクリと刻む。

「やっぱり、記憶が鮮明なうちだったら目撃者を見つけられたかもしれないですね。いなくなった当日なら、目立つ黄色いワンピースに見覚えがあった人もいたでしょうに」

刻んだ玉葱をフライパンにパラパラ注ぐ。今日はカットしたマッシュルームなんかも入れてみた。フライパンがジャーと音を弾けさせる。次に解凍がすんだ鶏肉をまな板に乗せ、包丁を入れた。千夜子さんの声が、後ろから飛んでくる。

「そうよねえ。でも父がそれだけは許さなかったの。零華がいなくなってる非常事態なのに、そんなときまで頑固で困っちゃうわ」

当時まだ五歳か六歳くらいの娘が迷子になったというのに、千夜子さんの父親は家の決まり事に縛られて能力を使わなかった。千夜子さんにも、使わせなかった。

「僕がお父さんの立場だったら、零華ちゃんのことが心配なあまりに掟を破ってしまうかもしれないな……」

小さく切った肉をフライパンに入れて、僕はそう呟いた。千夜子さんが客間から視線を送ってくる。

「父は能力がまったく芽生えなかった零華のことを、母が別の男と作った子供なんじゃないかって疑ってたのよ。母は父の子だって主張してたけどね。だから、父は零華を疎ましく思っていて、あの子はいつも冷遇されていたわ。それなのに明るく振る舞ってる、強い子だった」

目分量で調味料を加えながら、僕はうーんと唸った。親からあんまり大事にされず、挙げ句の果てにあんな死にかたか。零華ちゃんの無念を思うと胸が痛かった。そして、そんな妹を亡くした千夜子さんの気持ちは、想像を絶する。

火にかけた肉の色がきれいに変わってきた。

「千夜子さんも素直に言うことを聞いてたというのは、今の性格からは考えられないですね。今の千夜子さんだったらお父さんに反発して追い出されて、それでもなお、能力を使い放題して妹さんの件を調べてるんですから」

そう言いながらちらちらと客間を振り向いて、僕は思わず、おっと呟いた。千夜子さんが座卓に頬杖をついて船を漕いでいる。

「もう、寝落ちしないでって言ったばかりじゃないですか」

少し大きめの声で呼びかけたら、千夜子さんは目を擦《こす》った。

「失礼。お話し中にごめんなさいね」

「最近、眠そうにしてること多いです」

焼けた具の匂いが漂う。玉葱がしんなりと色を透かしはじめ、マッシュルームは淵が焦げ茶色になってきた。僕はここに、パックのご飯を投じた。

「昨日、家で記憶を辿りました。僕の思い出なんて、書き換えられている部分も多くてなにが真実なのかもうわからないので、役に立つかわかりませんが……」

僕はフライパンにケチャップを投下し、千夜子さんを一瞥した。

「思い出したんです。僕が零華ちゃんを見つけたとき、僕の隣にも同じように零華ちゃんを見てる人がいた。僕が零華ちゃんの風船を見ていたら、その人がいきなり立ち上がって、零華ちゃんに声をかけた」

　眠そうにしていた千夜子さんが、ぱちっと目を開いた。

「あら。その記憶が正しければ、その人物こそ怪しいわね」

「そうなんです。でも、顔も名前もわからない」

「そう。じゃあ、それを頼りにもう少し探っていきましょう」

　チキンライスを作ったら、あとは溶いたたまごを焼いて、オムライスが完成した。千夜子さんがパッと顔を輝かせる。

「おいしそうね！」

「千夜子さんのお陰で、少し手際がよくなったかなと思います」

　僕がオムライスを座卓に運ぶと、千夜子さんは重そうに腰をあげてグラスと麦茶を持ってきた。

「味も来たばかりの頃よりもっとおいしくなってるわよ。前に弟くんからは不評だって言ってたけど、今なら評価が変わるんじゃない？」

「そうかなあ……でも、作るの楽しいなとは、思います」

　他愛もない会話をしながら、席につく。ケチャップ味の手の込んでいないオムライスの黄色を眺め、僕は外の風の音に耳を澄ませた。

「もっと余裕ができて凝ったものが作れるようになったら、いつか、こだわりのハーブとか使ってみたいんです」

障子戸の隙間からぬるい風が吹き込む。戸がカタカタと微かに揺れて、僅かに庭の匂いが届いてきた。

「素敵ね。じゃあ、慧くんには私のハーブ図鑑をあげるわ」

「書斎にあった、あの図鑑ですか？」

僕は本棚にあった図鑑のことを思い浮かべた。千夜子さんがスプーンを手に取る。

「うん。あの本ね、ハーブの活用方法も書いてあるの。ポプリの作りかたやアロマオイルのこと、食用ハーブなら、どんな料理にどのハーブが合うかとか」

「そうなんですね。一回くらい勝手に開いちゃいましたが、ちゃんと見てなかったです」

あんな写真が挟んであったせいで、図鑑の内容はすっかり読み飛ばしてしまっていた。

千夜子さんは庭に目線を投げた。

「自分で育ててみるのもいいわよ。慧くんは、植物を育てるのが上手だと思うの」

千夜子さんの穏やかな声に、僕はのんびり目を細めた。ひとり暮らしを始めたら、ベランダに鉢を置いて育ててみようかな。そんなささやかな日々を思い浮かべる。そうしたらきっと、僕はこのバイトを終えても鉢を見るたびに千夜子さんのことを思い出すのだろう。そう想像して、ふと思い出した。

「あ……そうだ。助手をしてる間に見たものは、バイトを終えたときに千夜子さんが消してしまうんでしたね」

「そうね。ここで見るものなんてたいてい、他人の醜い部分だもの。覚えている必要はないわ。感じた嫌な気持ちはいつまでも残るかもしれないけれど、視覚の記憶さえなければ思い出してしまうきっかけは減ると思う」

千夜子さんが呆気なく答える。僕は目を伏せ、スプーンでたまごの毛布を崩した。

「じゃあ、初めて来たときに見たあの衝撃的な汚さの客間の光景も、思い浮かべられなくなるんですね」

「そういうこと。まあ、あれも片付けのできない私の人間的醜さの表れだからね。覚えている必要もないでしょう」

僕はふうん、と鼻を鳴らした。庭の緑がきれいだったことも、縁側のひなたが眩しかったことも、その景色は僕の中のアルバムから消えてしまう。

「なんかもったいないな。庭の写真だけでも撮っておいていいですか？」

「『運命屋の助手のバイトをしていた』という記憶は残るから、写真があればこの写真の場所がそこだったのだろうとは認識できるでしょうね。だけれど、見覚えのない景色を見て、『来たことがあるはずだ』なんて、懐かしむことはできるのかしら」

僕が見ている風景が、そのうち僕の中から消える。小さな記憶は消えたことがあったが、ここで見たもの全部となると、かなりの時間の映像がなくなるということになる。どんな感じになるのか、気持ちも薄れてしまうのか……僕にはまだ想像できなかった。


食事のあと、僕らは書斎に入った。幼い子供を狙ったあの人物は許しがたい。新しい被害を食い止めるためにも、零華ちゃんの無念を晴らすためにも、僕たちは犯人を捜す。千夜子さんが僕にある提案を持ち出したのは、僕が新聞記事をひとつ確認しおえた直後だった。

「これは慧くんの合意がないとできないことなのだけれど……」

「ん？　はい、なんでしょう」

僕が畳に直座りしている横で、千夜子さんは本棚に寄りかかっていた。

「慧くんの記憶を拝借して、慧くんが犯人の顔を思い出すように、運命を変えるというのはどうかしら」

千夜子さんの案はこうだ。千夜子さんの特殊能力で僕の運命を変え、僕が犯人の顔を思い出す未来を強制的に作り出す。そのために僕は、この代償になる記憶をなにか失わなくてはならない。

「慧くんが本当に犯人と面識がなかったのであれば、十五年も前に見た知らない人の顔なんて思い出さないと思うの。運命を捻曲げて無理やり思い出させるきっかけを作れば、一気に前進する」

しかし千夜子さんは眉間に皺を刻んだ。

「でも、私のために本来無関係の慧くんから記憶を奪うというのは、申し訳ない気もするのよ」

「僕は零華ちゃんが攫《さら》われるのを止められたはずの瞬間に、なにもしなかった。その罪滅ぼしになるのであれば、僕が役に立てることならなんでもします」

どのくらいの記憶が抹消されるのかはわからないが、犯人を思い出すきっかけを作り出すだけなら、代償はさほど大きくないのではないか。千夜子さんは、そう、と僕の瞳を覗き込んだ。

「あなたがそう言ってくれるのなら、記憶を頂戴するわ。舵《かじ》を切るのに必要な記憶の容量は私がはかる」

「はい、お願いします」

僕は床から立ち上がり、彼女の方に手を差し出した。千夜子さんの指が僕の方に伸びてくる。

「消さないでほしい景色はある？」

「そうですね……家族や友人の顔、楽しそうな記憶、勉強した教科書の図解は消さないでください」

「ふふ、どれも大切な、価値のある記憶ね。そういうものをもらった方が運命は大きく動くんだけど、仕方ないわね。他の部分から少しずつ集めるしかないか」

指が触れる瞬間に、僕はもうひとつつけ加えた。

「この建物の中で見た景色も、まだ消さないでください」

「……わかったわ」

ふわっと、僕の手の甲が千夜子さんの手に包み込まれた。冷たい指先が僕の体温を奪い、手の甲をみるみる冷やしていく。その手を見つめる千夜子さんのまなざしは、真剣そのものだった。

今まさに、僕の中からなにかが失われていく。今朝見たテレビの画面を思い出せなくなり、和希がゲームをするときの姿勢が見えなくなり、十野と行ったラーメン屋の建物の風貌はまた忘れた。小さな小さな日々の欠片が、少しずつ切り崩されて、溶けてなくなっていく。

「けほっ……」

千夜子さんが突然、弾くように手を引っ込めた。僕から離した手のひらで自身の口を覆う。けほけほと噎《む》せて体を折り曲げる彼女に、僕は狼狽した。

「大丈夫ですか？」

そのとき僕は、千夜子さんの指の隙間から垂れた赤い鮮血に気づいた。

「えっ……嘘、大丈夫ですか⁉」

同じ言葉を違うトーンで繰り返し、僕は千夜子さんの背中をさすった。千夜子さんが口元から僅かに手を浮かせる。

「平気よ……ちょっと、負担がかかっただけ」

心のどこかで、感づきはじめていた。見た目ではわからないがこの人の体はたぶん、相当衰弱している。

西園寺家の特殊能力は、特別な人にだけ使うことを許され、一般への開放は許されないという決まりがあるらしい。たとえ、幼い子供が迷子になって見つからなかったとしてもだ。その鉄の掟は、ただ〝権力者を優遇するため〟のものではない。口元を拭う千夜子さんのブラウスの袖が、赤く染まっている。僕はその姿を前に立ち尽くした。

「……ちょっと、じゃないでしょ……」

やたらめったらに能力を酷使したお陰でこうして体力を削り、弱っていく。そんな千夜子さんを見て、僕はこの掟の本当の意味がわかった気がした。

「千夜子さんのお父さん、それから代々続く西園寺家の能力者が、能力の存在を隠してたのって……それだけ命を削るから、なんじゃないですか？」

彼女の父親が千夜子さんの能力濫用を止めるのも、自分の娘を守るためで。

「使えば使うほど、消耗が激しくなるんじゃないですか？　一年に一度も使えないような力なんでしょ。それを週に何回も使ったから、そんなに体力が落ちて、血を吐くほどまで……。千夜子さんの体も、もう限界なんじゃ……」

「かまわないわ」

千夜子さんは、喉に絡むような声で、それでいて凜として言い切った。

「早く死んでもいい。それでも、私は自分の命に代えてでも、零華を殺した卑劣な人間を突きとめたいの」

もうひとつ咳をして、千夜子さんは口の端から薄い血を吐いた。

「能力を使えば体が弱ることは重々承知してる。これはたくさんの人たちの人生を狂わせた報いなの。裁きを受けて当然よ」

僕はこれまでに見てきた彼女の姿を思い出していた。食事も掃除も疎《おろそ》かにし、ただただ縁側で体を休ませる。あの生きかたは、自分自身にはまったく興味がなくて、犯人を捜すための作業として生きているだけのようだった。千夜子さんは千夜子さん自身を、完全に捨ててしまっていた。

「給料をやたらと弾むのも、もう長く生きるつもりがなかったからですか？」

僕がか細い声で尋ねると、千夜子さんは血の滲んだ頬を綻《ほころ》ばせた。

「慧くんには、感謝してるから。妥当な額を払っていると思ってるわ」

そのときだ。いきなり、頭の中に電撃が走った。運命が、動きはじめた。直感的に、そんな言葉が浮かぶ。

千夜子さんの弱々しい微笑みが、あの夏に僕を助けてくれた女の人にリンクする。そしてそれをきっかけに、時間を巻き戻されるような感覚に陥り、僕は、自分の隣に座っていた〝その人〟の横顔を思い出した。

その瞬間、すべてのノイズが消えたような感覚に陥った。零華ちゃんが、手を握るその人に聞いた。

『れいちゃん、零華っていうの。おじちゃんのお名前は？』

『おじちゃんはね……』

「モモ……っ」

とっさに、そんな名前が口をついた。千夜子さんの力で僕の運命が動いたのか、その男の声が妙に鮮明に聞こえてきた気がした。千夜子さんが怪訝な顔をする。

「なにか思い出したの？」

僕はなにも答えられなかった。今、確実に見えたその男の顔に、頭が痛くなる。僕は本棚に差さった新聞を乱暴に引っ張り出した。

零華ちゃんが自分のことを『れいちゃん』と呼んでいたのに合わせたみたいに、その男は自分のことを『モモちゃん』と言った。それがなんだか、おじさんの見た目とミスマッチな感じで、不気味だった。

ガサガサと資料を散らかす僕に、千夜子さんがまばたきを繰り返している。僕は新聞を捲って、その記事を探した。あの事件から、数か月後の、春。その記事を見つけて、僕は息をのんだ。

『株式会社××百井社長、息子の無実を訴え涙』

「これね。大手製紙工場の社長の息子に、零華殺害の容疑がかかって……でも、父親である社長が会見を開いて、当時三十代くらいだった役員兼息子の無実を訴えたのよ。今はもうない会社だけれど、当時はすごく騒がれたのよ」

千夜子さんが一緒に記事を覗き込んでいる。大きな写真には、会見を開くおじいさんが写っている。僕は額を押さえたまま、その記事を目に映した。

「この社長の息子、容疑者になった人物は、今どうしてるんですか？」

「現在の様子はわからない。容疑がかかった時点では証拠が不十分だったから、すぐに解放されたわ」

震える僕を横目に、千夜子さんは静かに言った。

「運命が動いたのね。あなたの記憶を代償に」

柔らかなのに冷たいその微笑に、僕はぞっと鳥肌を立てた。蒸し暑いのに、急激に背中が寒くなった。なんだろう、嫌な予感がする。

汗で額がべたつく。手の甲でまとわりつく前髪を払った。僕の記憶が、僕の運命になって、未来を変えていく。捻曲げられた未来が、やってくる。

声が出ない僕の背後で、中年の男の声がした。

「運命屋さん。助けてください……」

びくんと肩を跳ね上げて、振り向く。千夜子さんが障子戸を開けた。

「あらルーティンさん。日曜日に来るなんて、珍しいわね」

目の前に立つその男を前にして、僕は現実を受け止められなかった。

白いワイシャツにグレーのスラックスを穿《は》いた、落ちくぼんだ目の男。十五年の月日を経て、あの頃よりは声が老けた。でも、完全に記憶を取り戻した僕にはわかる。

間違いない、この男だ。十五年前、あの遊園地のあの少女を、連れ去った男だ。

あの男は、『ルーティンさん』だったのだ。

「なんだか無性に不安になって、訪ねてしまいました。私の記憶、きれいにしてください」

彼は弱々しい声で、千夜子さんに縋った。

どうしたらいいいか、わからない。千夜子さんに協力すると決めたのに、なにも言い出せなかった。千夜子さんが毎週会っていたこの男が、まさか零華ちゃんを殺していただなんて、千夜子さんになんと切り出せばいいか、わからない。

ふいに、千夜子さんが僕の腕をつついた。

「慧くん、聞いてる？」

ハッと彼女の顔を見ると、千夜子さんは先程の吐血で濡れた袖を僕に向けた。

「ルーティンさんと話す前に、着替えたいわ。慧くん、彼と待っていてくれるかしら」

「はい……」

僕はようやく声を絞り出し、庭に出た。中年の男を縁側に座らせ、その不安げな目と向かい合う。千夜子さんがいなくなった隙に、思い切って男に尋ねた。

「あの、すみません。もしかしてお名前、百井さん、ですか」

男が、目をぱちくりさせて僕を見上げる。

「私、名乗りましたっけ？」

僕の記憶がただの捏造でないことを、ひとつずつ証明していく。

「お父さんは、製紙工場の社長さんですか？」

「はあ、そうです。もう亡くなりましたが」

口下手な百井は、拙いなりに僕と会話を続けようとしていた。

父の跡を継ぐ予定で、自分が次期社長候補だったこと。しかし会社はなんらかの騒動をきっかけに経営が傾き、今は別の会社に吸収されたこと。自分も役員を外されたこと。そこまでは周囲から聞いたが、自分は二年前に記憶喪失になり、なにも覚えていないこと。会社が傾いたきっかけについては、誰も教えてくれないこと。

僕は古新聞の記事を思い起こしていた。十五年前、その製紙工場は次期社長にかかった誘拐容疑のため、一気に株価が暴落した。当時の社長が息子に代わって無実を訴えた会見が、世間の注目を集めていた。

千夜子さんが、僕の運命を動かしたのだ。だから、僕のよみがえった記憶は、間違いなく本当の記憶だ。

僕はいったん、深呼吸をした。千夜子さんに、なんと言おう。きょとんとする百井を前に、僕はゆっくり立ち上がった。

「……お茶を、お出しします」

少しひとりで考えたくて、台所に向かう。

襖を開けると、台所に立っている千夜子さんの後ろ姿が見えた。

「千夜子さん？　着替えに行ったんじゃ……。お茶でしたら僕がお出ししますよ」

彼女の手元に気づいた僕は、はたと固まった。

千夜子さんが、包丁を持っている。僕がオムライスを作るとき、具材を切った包丁だ。洗って置いてあったものを、千夜子さんが握っている。袖口は血に濡れたままだ。

「なにしてるんですか？」

僕は彼女の手元を凝視した。

「千夜子さん、料理しないでしょ。包丁なんて使わないじゃないですか」

「お茶菓子を、切り分けようと思ってね」

見え透いた嘘をつく千夜子さんの目は、透明感を失って血走っていた。光のない黒い瞳に包丁の刃を真っすぐ映している。深海のような静けさの中、僕は千夜子さんの赤く濡れた手と死んだ目の間で視線を行き来させた。目の色が違うのに、柔和な話しかたはいつもと変わらない。見たことのない目をした千夜子さんと、ぎらつく包丁の刃。胸騒ぎがする。

「なんてね。彼が訪ねてきたときの慧くんの表情を見て、そうかな、とは思ったの。腕をつついて慧くんの記憶を見させてもらったら、やっぱり十五年前の記憶が修復されていた。そこにいる、彼の顔で」

千夜子さんは着替えてくると口実を残して、本当はすぐそばであの男の話を聞いていたのだろう。

僕は彼女の手首を、ガッと摑んだ。

「なに考えてるんですか。そんなことより、あの百井という人に自首を促しましょう。本人は覚えていないようですけど、彼の周りの人はなにか知っているかもしれない」

「慧くん、バイトは今日でおしまいにしましょうか」

千夜子さんは僕の方を見ないし、包丁を離そうともしなかった。

「私が慧くんを雇っていた目的は、あの人を捜し当てる道具にするためだもの。その役目を果たしてくれた今、慧くんを拘束する理由はないわ。今まで本当にお疲れ様。とても助かったわ」

千夜子さんの声に迷いはなくて、息遣いが震えているのは僕の方だった。彼女の手首を握る手に、ぎりっと力を入れる。

「勝手に解雇しないでください。困ります」

「お金がまだ足りないかしら。だったら、欲しい分だけあげる」

「そうじゃないです。勝手に、覚悟を決めないでほしいんです」

僕はまだ、千夜子さんの助手のつもりだ。千夜子さんがおかしなことをしそうになったら止めるのも、助手の僕の役目だ。

千夜子さんは、ふわりと目を細めた。

「止めないで。妹殺しの犯人に復讐するために、私は死ぬ気で家を飛び出してきた。なにもかもを捨てて、今日このときのためだけに、息をしていた」

縁側の日だまりを思わせる穏やかな声が、僕の鼓膜を擽る。

「あの男を引きずり出したら、どうしてやろうかと考えているときがいちばんの至福のときだったわ。すべての記憶を根こそぎ奪ってぶち壊す？　それとも恐ろしい記憶だけを残して呪いのように苦しめる？　いろいろ考えたけどね、これに決めたの」

包丁の刃に、雫が滴っていた。

「零華と同じ痛みを教えてあげる」

千夜子さんの無機質な声が、静かな台所にぽつぽつと泡のように消える。

「私、子供の頃からこんな能力があったせいで友達を作るのが下手だったの。一般人の記憶を見てはいけないと言われていたから気をつけていたけれど、万が一見えてしまったらどうしようと思ってね。人に触るのが不安になる、他人と違う自分が嫌で、塞ぎ込みがちだったの」

僕は、黙って彼女の死んだ瞳を見ていた。

「でも同じ血を引く西園寺家の人間同士では、いくら記憶を見ようとしても見ることができない。妹である零華は触れても確実に大丈夫な、唯一気兼ねなく付き合える存在だった」

優しい声から滲み出す、深い憎しみが伝わってくる。

「同じ目に、遭わせる」

「でもあの人は、記憶を失って、自分がなにをしたかまったく覚えていません」

きっともう、僕の声は彼女の耳には届いていない。細い体からは想像できない強い力で、千夜子さんは僕の手を振り払った。彼女の握りしめた包丁の先が、僕の腕をピッと切りつける。浅い傷からぷくっと血が浮かび出す。でも今は、こんなのはどうだっていい。弾かれたように庭に向かって駆け出す長い黒髪に、僕は大声で叫んだ。

「千夜子さん！」

千夜子さんの背中が客間の畳を無音で抜けた。血に濡れた手が、障子戸を掻き破るように開け放つ。縁側で待っていた百井は、突然開いた障子戸を振り向いて千夜子さんの姿に目を丸くした。

「えっ⁉　どうなさったんですか」

すべてがスローモーションに見えた。

「この十五年、私はあなたを殺すためだけに生きてきた！」

空気がびりっと痺れるほどの、強い意志の声が爆ぜる。

開いた障子戸の向こうから月の光が差し込んで、千夜子さんの黒い髪が、艶やかに星を孕む。千夜子さんが振り上げた包丁の刃も、きらっと輝いた。そのすべてが僕の焦りを掻き立てる。僕は、もつれる足で彼女の背中にしがみついた。

「だめです、千夜子さん！」

包丁を掲げた腕を後ろから引っ摑み、僕は彼女の耳元で叫ぶ。千夜子さんの向こうに、中年の男の間抜けな顔が見えた。縁側から転がり落ちて、庭の地面にしりもちをついている。千夜子さんはしっかり握った包丁を離そうとはしない。

「手を放しなさい、慧くん。私に失うものはなにもないからいいの。このために全部捨ててきたの」

今までに聞いたことのないような、深く、呪うような声だった。だが僕も、この手を放すつもりはない。

「気持ちは察します。でも、千夜子さんが同じことをしたらだめだ！　同じことをしたら、千夜子さんはこの人と変わんなくなっちゃいますよ」

僕は千夜子さんの向こうで腰を抜かす、惨めな男に叫んだ。

「逃げろ！」

僕にトラウマを植え付けた男にこんなことを言わなくてはならないのは、僕だって悔しかった。男は青い顔で座り込み、震えながらこちらに釘づけになっている。僕は千夜子さんの耳元で叫んだ。

「零華ちゃんは、そんな千夜子さん見たくないと思います！」

「零華はもういない。あるのは、私の意志のみよ」

千夜子さんの腕は折れてしまいそうなほど細いのに、僕の引っ張る力に反発して弱まらない。これが、彼女が十五年間募らせてきた復讐心の強さなのか。

百井はわけもわからず腰を抜かしていたが、火がついたように走り出した。千夜子さんが僕の手を振り払い、裸足《はだし》で庭へ駆け出していく。僕も彼女を追いかけ、靴を履かずに庭の砂利を踏みしめた。

百井は庭を抜け出し、人の多い街中へと逃げ出していく。赤い目をして追いかける千夜子さんは手に包丁を握ったままだ。庭を抜け、その先の道路まで百井の背中を追う千夜子さんに追いつき、僕はその腕を後ろから引っ摑んだ。

「待って。零華ちゃんじゃない。僕もこんな千夜子さんは見たくなかった」

百井がぜいぜい息を切らして車道に向かって突っ込んでいくのが見える。それを追おうとする千夜子さんの手首に、僕は必死に爪を立てた。細い手首に血が滲む。僕の手のひらが、彼女の冷たい手首に冷やされていく。何度も叫んだ僕の喉はひりひりした。

真夏のぬるい風が蒸した庭に僅かな波を立て、木々がサワッと音を立てた。庭から届いてくる迷迭香の涼しげな匂いが鼻につきまとう。突然、千夜子さんが肩を竦めた。

「えっ……これ、私……」

千夜子さんの瞳が、ちらと僕の方に向く。

「記憶が見える……これ、慧くんが見ていた私……？」

今、彼女の目になにが映っているのか、僕にはわからない。でも、包丁を掲げた千夜子さんの腕はたしかに力が抜けてきている。

そのときだ。

パーッというクラクションの音と、悲鳴。

「うわああ！」

ドンッと重い音が響いて、僕の顔にピシャッと、生ぬるいものが降りかかった。頬に千夜子さんの手首を掴んだのと反対の手を当てると、ぬるっと赤い液体が指を濡らした。千夜子さんの色白の頬にも、赤い飛沫が飛んでいる。

僕と彼女が呆然と顔を上げると、数メートル先の道路で、斜めに停車する大きなトラックとそこから吹き飛ばされて道路に寝そべる血まみれの百井の背中があった。

「……嘘」

千夜子さんが、掠れた声を出した。

「嘘でしょ？」

百井の周囲に人が集まってきた。数人が息をのむ。僕から見えた百井は、トラックに弾き飛ばされた衝撃で頭を打ちつけたようで、その頭部はすっかり潰れてしまっていた。千夜子さんが、呆然とその人だかりを見つめる。

「そんな……私、まだ零華の復讐、できてない。謝罪の言葉も聞いてない。こんなあっさり逝かれちゃ困るわ」

僕が見てきた千夜子さんは、妖しげで残酷な人だった。そして、芯の通った美しい人だった。千夜子さんのこの人格は、復讐心が作り上げたのだろう。悲しい過去に取りつかれて、自分の未来をなにもかもを捨て去った。だからこそ強くて、だからこそ脆《もろ》い。

「千夜子さんは、未来を捨てて過去に固執してる。僕はそれは、過去を捨てて未来を変えようとする人たちと変わらないくらい、悲しいことだと思います」

彼女がなげやりに傍観していた人たちのことを、僕は脳裏に思い浮かべていた。

かくんと、千夜子さんの手首が曲がった。包丁を握っていた手はその握力を失い、指が解ける。包丁が真っ逆さまに落下して、アスファルトの上にカランと寝そべった。

「はあ……」

千夜子さんの掠れた息遣いが聞こえる。彼女の体は、クラゲみたいにふにゃっと崩れ落ち、その場に座り込んだ。僕の記憶を見たせいだ。彼女は一気に体力を消耗して、立っていられないくらいに弱ってしまった。僕も彼女の横にしゃがむ。千夜子さんは青白い顔で、うつろな目で百井を見つめていた。

心の底では、僕もあの男を殺してしまいたかった。けれどどんな理由があろうと、復讐のためでも、人を殺してはいけない。そして過去の悲しみのために未来の自分を諦めるのも、間違いだと思うのだ。だから僕は、千夜子さんの十五年間が無駄になってよかったと、心から安堵していた。

「慧くん、さっき、私の手を摑んだ慧くんの手から、あなたの記憶が流れてきたの」

消え入りそうな声が、僕に届いてくる。

僕の気持ちが形になって彼女の中に届いたのか、千夜子さん自身が潜在的になにかに助けを求めていて僕の記憶に縋ったのか。それは僕にはわからない。

千夜子さんは聞き取りにくい声で訥々《とつとつ》と話した。

「私は、いつから間違っていたのかしら」

声が、庭の蟬の声に搔き消される。僕は陳腐な定型文で返した。

「またやり直しましょう」

「でも、もう全部捨てちゃったのよ？　一度捨てたものは戻ってはこないわ」

「そういうものはまた作り直していけばいいって、千夜子さんが僕に言ったんじゃないですか」

僕は倒れ込みそうな千夜子さんの背中を支えた。

「千夜子さん自身も、本当は自分の特殊能力に苦しんでいたんですね」

体を蝕まれながら、欲に溺れる人たちを傍観する。もともと憎しみだけで生きていた彼女にとって、この世界はきっと、酷く汚かっただろう。

「もうそんな悲しい能力を使わなくていいから……運命屋なんて、もうしなくていいから。なにか別のことを始めるときは、また僕を助手にしてくださいね」

千夜子さんは、満月を映してきらきらした瞳を、ゆっくり細めた。

「そうね。それまでに、ハーブを使ったお料理、勉強しておいてね」

僕はたぶん、このときの千夜子さんのガラス細工のような微笑みを一生忘れないだろう。

街のざわめきが血の匂いに溶けていた、夏の夜のことだった。

終章　風の香りを探した

「え。このラーメン屋来たことあったっけ？　初めてじゃない？」

店から出ると同時に放った僕の言葉に、十野は大袈裟に驚いていた。

「あるだろ！　つきとじ亭だぞ、ここんとこご無沙汰にしてたけど、夏に行ったじゃん」

「ああ、名前には覚えがあるな。たしか味はおいしくもまずくもなかったと、以前にも同じような感想だったような……」

でも外装を見るとどう見ても知らない場所で、なんだか耳で聞いた知識と舌で味わった情報に、目で見た情報が置いていかれているような感覚がした。

季節はもうすぐ、冬から春に変わる。僕は十野と共に、マフラーを巻いたいで立ちでラーメン屋から街に出てきた。

「慧、いい加減部屋は押さえられたか？」

十野が白い息を吐きながら尋ねてくる。僕は冬の鉛色がかった空を見上げた。

「うん、就職先の近くにね。この前ちょうど空いたんだ。引っ越し費用を節約したいから、十野、手伝ってね」

「仕方ねえな。そのあと、飯奢れよ」

こう見えて、十野の記憶は戻っていない。十野が僕の顔を覚え直したのは夏に寄り道スポットを巡ったときで、それより前の僕との行動記録は消えたままなのだ。でも、とくに不自由はない。忘れられてしまっても、こうして行動を共にしている間に新しい記憶が増えているからだ。むしろそんなひと悶着《もんちゃく》があったお陰か、僕は十野に本音を言いやすくなった。

十野の記憶が消えたままなのもそうだが、僕の記憶も斑に失われている。それは僕自身の運命の舵を切ってもらったときに代償にしたもので、あれ以来日常のところどころに穴が開いている。十野だけにはそのことも話してあったので、実体験もある十野はすんなり納得した。

「そういや、記憶抜かれたって言ってたもんな。それから行ってなかったから、このラーメン屋のつきとじ亭のことはまた初めて来たような気持ちになったんだな」

「そうなんだよ。ちょっと不便だね。記憶取られたばかりの頃は、弟の和希がソファでだらしなく寝転がってゲームしているのも初見の気がしてさ。無駄にでっかいリアクション取っちゃった。あとで聞いたら和希はよくこの姿勢でいたらしくて、僕も見慣れているはずのものだったんだって」

そんな小さな驚きが、あの運命の後遺症となってちょくちょく僕の私生活に顔を覗かせている。

「そんな和希だけど、この前初めて、僕のオムライス食べて『おいしい』って言ったよ」

「はい残念。せっかく料理がうまくなったのに、ひとり暮らしが始まって実家を出たら、なかなか弟に振る舞う機会はないぞ」

十野は僕の報告を笑っていた。本当だねと、僕も苦笑した。

ビルの街頭ビジョンがCMを流している。巨大でカラフルな観覧車が大画面で晒《さら》されていた。子供の声で、そのメッセージが叫ばれる。

「春休みはみんなで行こうよ！　ビスケットパーク！」

僕はふいっと、その大画面から顔を逸らした。あの遊園地の名前を聞くと、今でも十五年前の赤い風船の光景にリンクする。

零華ちゃんを殺した男は、詳しい話を聞き出す前に永遠に口を閉ざした。世の中に出たのは、中年の男が飲酒運転のトラックにはねられて死んだというニュースだけだ。そうして、十五年前の夏の真相は、闇に葬られた。

でもたぶん、僕はあの夏から一歩、歩き出せたと思う。そう思うことにした。

十野が立ち止まって、ひらりと片手を胸にあげた。

「んじゃ、俺これからバイトだから」

「そんな時間か。頑張ってね」

十野は社会人になるまでの間、コンビニバイトを続けるらしい。職場に向かう彼の背を見送りつつ、僕はふうと白いため息をついた。

「バイト、か」

今日も行ってみようか。

僕は大学のキャンパスのある方へ、冷えたつま先を向けた。


通い慣れた大学のキャンパスの、少し手前。植わった木々で薄暗く陰った、廃屋の庭がある。門が壊れて開放されたままのその庭に、足を踏み入れる。今朝降った雨のせいで、草木がいっそう寒々しく煌いていた。縁側も吹き込んだ雨ですっかり濡れて、障子が破けてボロボロだ。

無論、こんな荒れ放題の廃屋に、美しい黒髪の女性などいない。

「千夜子さん」

縁側の前で立ち止まって小声で呼んでみる。けれど、蟬すらもいなくなった静寂の庭の中では、ひとり言になって消えてしまう。

　零華ちゃん殺しの犯人、そして彼が訪ねてきたあの晩の真実は、僕と千夜子さんしか知らない。とうとうあの男は、零華ちゃんにも千夜子さんにも償うことなく死んでしまった。あの日を境に、千夜子さんは姿を消した。彼女は気まぐれな人なので、僕が来るたびにたまたま出かけているだけなのかと、最初はそう思うようにしていた。だがもう半年以上の時が過ぎ、庭は荒れて障子がボロボロなのを見ると、もう彼女が帰ってきていないことを認めざるをえなかった。運命屋の噂も、しばらく聞いていない。訪ねても誰もいなければ、デマの都市伝説として忘れ去られていく。

　すべてが終わって、彼女は、この廃屋には戻らなくなった。

　跡地を見るたびに、僕の記憶も全部夢だったのではないかと思えてしまう。でも僕はまだ、ここに来たらある日突然千夜子さんが現れるのではないかと、密かな希望を捨てられないでいる。僕は未だに千夜子さんの影を探し、幾度となくこの庭を訪れていた。

　縁側の一部の雨が乾いた場所に、のっそり腰をおろした。夏に見ていたものと同じ角度、同じ視界の広さで、庭の緑、空の青が、僕の目の前に広がっている。おやつにしましょうかと話しかけてくる、透明な声が聞こえそうな気がした。僕はひとつ、まばたきをして、最後に話した彼女との会話を思い出していた。

「はいこれ。約束のものよ」

千夜子さんが僕に、ハーブの図鑑を差し出す。僕は伸ばしかけた手を、中途半端に止めた。

「本当にもらっていいんですか？」

「もちろん。慧くんには、本当に感謝してるんだから」

縁側に座った千夜子さんは、隣にいた僕にそう言った。潤んだ黒い瞳に、夏の星座が反射している。

「妹殺しの犯人に復讐するために、私は死ぬ気で家を飛び出してきた。なにもかもをかなぐり捨てて、憎しみだけのために生きてきた。ポジティブな感情も、もうないはずだったの。でも慧くんの記憶の中の私は、なんだか自分で思っていたより幸せそうだった」

濡れた唇が微かな声を零していく。

「慧くんは、全部捨ててしまった私に、ご飯を食べるとおいしいって思い出させてくれた。退屈な時間も、慧くんがいるとちょっとだけ楽しかった。だから、あなたにはどれだけお礼を言っても足りない」

ゆっくりまばたきをした千夜子さんの睫毛に、小さな艶が宿った。

「零華も私も、慧くんに救われた。ありがとう」

彼女の言葉は、十五年の僕の呪縛を解いた気がした。千夜子さんも、呪いが解けたようにきれいな笑顔を見せていた。僕はこの微笑みを、死んでも忘れたくないと思った。

千夜子さんが長い髪を耳にかけて、星座を見上げる。

「これで本当に、慧くんの助手のお仕事は終わり。約束どおり、ここで見た記憶は消してしまいましょう」

千夜子さんの細い指がこちらに差し出される。

「今まで本当にありがとう。もう忘れていいからね」

その指先を、僕は仰け反って拒絶した。

「やめましょうよ。生命力削るんでしょ？　無駄遣い禁止。その力、もう使わないでください」

僕は腰を折り曲げて、膝に腕を乗せて前屈みになった。

「それに、どんなにつらいことも、思い出したくないことも、全部僕が見てきた記憶です。過去の僕があって、今があるわけですから。それは消したりしないで、これからも大切に向き合っていきたいんです」

「あら、そう？」

千夜子さんはおかしそうに笑った。

「慧くんがそう言うのなら、そうしましょうか。過去とどう決別するか、今と未来をどうしていくか、それを決めるのは、慧くんだものね」

そんな会話が、最後になった。あれ以来千夜子さんは、僕に別れも告げずに行方をくらました。せめて十野の記憶を返せと、せがんでおけばよかった。

父の許しを得て実家に帰ったのか。別の場所に新居を構えたのか。はたまた、誰にも見つからない場所へ消えて、僅かに残っていた最後の生命力を、ひとりでひっそり燃やし切ってしまったのか。

いや、と僕は首を振った。そんなことはないと、信じたい。約束したのだ。僕はまた千夜子さんの助手になって、そのときにはハーブにこだわった料理を振る舞うと。

風が庭の木々を撫でる。常緑樹の葉が重なりあう音がした。その冷たい風に、僕は身を竦める。スッとした匂いが僕の鼻先に触れた。

「あっ……」

思わず声が出る。瞬間、頭の中に鮮明に、夏の庭の色が見えた。

空が眩しくて、僕は小さくて、目の前が霞むほど庭の日差しが輝いていた。共に形作ってきた確かなものを手放したくなくて、遠い追憶の中に風の香りを探した。

そんな夏の一瞬が、今の僕の中をほとばしる。


僕は庭の隅っこの、香りの源に目を向けた。そしてそこに咲く晴れやかな彩りに、目を見張る。迷迭香の細長い葉と葉の間に、透き通るような青色の花がいくつも開いている。

『冬が始まる頃に、お花が咲くの。紫がかった青い花でね、とってもかわいいのよ』

千夜子さんの声が耳の中によみがえる。

「冬が始まる頃って言ってたな。いつから咲いてたんだろう。全然気がつかなかった」

青い花弁はうっすら紫色の深みを持ち、白っぽくもあり、ひらひらと美しい形に裾を広げている。茎が風に吹かれるたび、すっきりした香りが僕のもとへ運ばれてくる。


大学四年の夏休みって、人生最後の夏休みじゃないか。

いや、社会に出てからもお盆休みくらいはとる職場もあるけれど、なんの気まずさもなくこんなに長い休暇をもらえるのは、あれが最後だったと思うのだ。

そんな僕の最後の長い休みは、あの人のいた庭の景色にすっかり染め上げられている。
きっとこの先も一生、僕は何度でも、あの夏を思い出す。
廃屋の荒れた庭で、迷迭香の香りが風を彩っていた。

END

あとがき

私は、夏の緑が好きです。

植物の葉の色は、季節によって見える鮮やかさが違う気がします。他の季節の色にもそれぞれの魅力があるのですが、夏はとくに、彩度の高い眩しい色を見せてくれます。あの目が眩むほどの瑞々《みずみず》しい、きらきら透けるような緑色が好きなのです。

それと、廃墟も好きです。人が生活していた確かな形跡が、過去のものとなって忘れ去られている……そんな場所に、不思議な魅力を感じています。


初めましてのかたもお久しぶりのかたも、この作品をお読みいただき、ありがとうございます。

これは、「逃げ出したい過去、しがみつきたい未来、今の選択、それぞれの自分と向き合う」ということを具現化したように描いたお話です。私にも、忘れたくても忘れられないことがあります。でも今になって思うのは、その時期に感じたものがあったから、それを乗り越えたから、今の私があるのだということです。

こう書くととてもありきたりな言葉のようですが、体感すると本当にそうだったんだなあと頷いてしまいます。

そんなこのややこしいテーマは抜きにしていいので、物語の中で慧が見ている景色を、読者様にも感じていただけたらなあと思います。先程も述べました夏の鮮やかな緑、時間の流れから切り離されたようなノスタルジー、解放された自由な時間である『夏休み』にそれらが日常になっていく。そんな映像が、読者様の心に届いていたら嬉しいです。

「喫茶『猫の木』」シリーズでお世話になったマイナビ出版ファン文庫さんから、この作品を書かせていただく機会をいただき、このように形にすることができました。これも関係者の皆様、家族や友人たち、読者様と、たくさんのかたがたのお陰です。

本当に、ありがとうございました。

植原翠

この物語はフィクションです。
実在の人物、団体等とは一切関係がありません。
本書は書き下ろしです。

植原翠先生へのファンレターの宛先

〒101-0003　東京都千代田区一ツ橋2-6-3　一ツ橋ビル2F
マイナビ出版　ファン文庫編集部
「植原翠先生」係

NF文庫
ノンフィクション

新装版

搭乗員挽歌

散らぬ桜も散る桜

小澤孝公

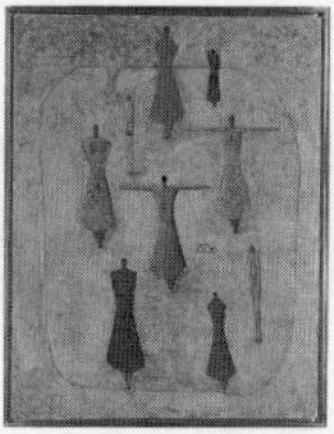

潮書房光人社

搭乗員挽歌——目次

第一章　若鷲はゆく、南の空へ

第二章　南十字星またたく戦場で